nowledge. 知識工場

Knowledge is everything！

Knowledge is everything！

nowledge.
知識工場
Knowledge is everything！

nowledge.
知識工場
Knowledge is everything！

日語50音發音表

清音

羅→羅馬拼音 平→平假名 片→片假名 ㄅ→ㄅㄆㄇ拼音

羅	a	ka	sa	ta	na	ha	ma	ya	ra	wa
平	あ	か	さ	た	な	は	ま	や	ら	わ
片	ア	カ	サ	タ	ナ	ハ	マ	ヤ	ラ	ワ
ㄅ	ㄚ	ㄎㄚ	ㄙㄚ	ㄊㄚ	ㄋㄚ	ㄏㄚ	ㄇㄚ	ㄧㄚ	ㄌㄚ	ㄨㄚ
羅	i	ki	shi	chi	ni	hi	mi		ri	
平	い	き	し	ち	に	ひ	み		り	
片	イ	キ	シ	チ	ニ	ヒ	ミ		リ	
ㄅ	ㄧ	ㄎㄧ	ㄒㄧ	ㄑㄧ	ㄋㄧ	ㄏㄧ	ㄇㄧ		ㄌㄧ	
羅	u	ku	su	tsu	nu	fu	mu	yu	ru	n
平	う	く	す	つ	ぬ	ふ	む	ゆ	る	ん
片	ウ	ク	ス	ツ	ヌ	フ	ム	ユ	ル	ン
ㄅ	ㄨ	ㄎㄨ	ㄙ	ㄗ	ㄋㄨ	ㄏㄨ	ㄇㄨ	ㄧㄨ	ㄌㄨ	ㄣ
羅	e	ke	se	te	ne	he	me		re	
平	え	け	せ	て	ね	へ	め		れ	
片	エ	ケ	セ	テ	ネ	ヘ	メ		レ	
ㄅ	ㄝ	ㄎㄟ	ㄙㄟ	ㄊㄟ	ㄋㄟ	ㄏㄟ	ㄇㄟ		ㄌㄟ	
羅	o	ko	so	to	no	ho	mo	yo	ro	wo
平	お	こ	そ	と	の	ほ	も	よ	ろ	を
片	オ	コ	ソ	ト	ノ	ホ	モ	ヨ	ロ	ヲ
ㄅ	ㄡ	ㄎㄡ	ㄙㄡ	ㄊㄡ	ㄋㄡ	ㄏㄡ	ㄇㄡ	ㄧㄡ	ㄌㄡ	ㄡ

濁音&半濁音

羅	ga	za	da	ba	pa
平	が	ざ	だ	ば	ぱ
片	ガ	ザ	ダ	バ	パ
ㄅ	ㄍㄚ	ㄗㄚ	ㄉㄚ	ㄅㄚ	ㄆㄚ
羅	gi	ji	ji	bi	pi
平	ぎ	じ	ぢ	び	ぴ
片	ギ	ジ	ヂ	ビ	ピ
ㄅ	ㄍㄧ	ㄐㄧ	ㄗㄧ	ㄅㄧ	ㄆㄧ
羅	gu	zu	zu	bu	pu
平	ぐ	ず	づ	ぶ	ぷ
片	グ	ズ	ヅ	ブ	プ
ㄅ	ㄍㄨ	ㄗㄨ	ㄗㄨ	ㄅㄨ	ㄆㄨ
羅	ge	ze	de	be	pe
平	げ	ぜ	で	べ	ぺ
片	ゲ	ゼ	デ	ベ	ペ
ㄅ	ㄍㄟ	ㄗㄟ	ㄉㄟ	ㄅㄟ	ㄆㄟ
羅	go	zo	do	bo	po
平	ご	ぞ	ど	ぼ	ぽ
片	ゴ	ゾ	ド	ボ	ポ
ㄅ	ㄍㄡ	ㄗㄡ	ㄉㄡ	ㄅㄡ	ㄆㄡ

拗音

羅	kya	gya	sha	ja	cha	nya	hya	bya	pya	mya	rya
平	きゃ	ぎゃ	しゃ	じゃ	ちゃ	にゃ	ひゃ	びゃ	ぴゃ	みゃ	りゃ
片	キャ	ギャ	シャ	ジャ	チャ	ニャ	ヒャ	ビャ	ピャ	ミャ	リャ
ㄅ	ㄎㄧㄚ	ㄍㄧㄚ	ㄒㄧㄚ	ㄐㄧㄚ	ㄑㄧㄚ	ㄋㄧㄚ	ㄏㄧㄚ	ㄅㄧㄚ	ㄆㄧㄚ	ㄇㄧㄚ	ㄌㄧㄚ
羅	kyu	gyu	shu	ju	chu	nyu	hyu	byu	pyu	myu	ryu
平	きゅ	ぎゅ	しゅ	じゅ	ちゅ	にゅ	ひゅ	びゅ	ぴゅ	みゅ	りゅ
片	キュ	ギュ	シュ	ジュ	チュ	ニュ	ヒュ	ビュ	ピュ	ミュ	チュ
ㄅ	ㄎㄧㄨ	ㄍㄧㄨ	ㄒㄧㄨ	ㄐㄧㄨ	ㄑㄧㄨ	ㄋㄧㄨ	ㄏㄧㄨ	ㄅㄧㄨ	ㄆㄧㄨ	ㄇㄧㄨ	ㄌㄧㄨ
羅	kyo	gyo	sho	jo	cho	nyo	hyo	byo	pyo	myo	ryo
平	きょ	ぎょ	しょ	じょ	ちょ	にょ	ひょ	びょ	ぴょ	みょ	りょ
片	キョ	ギョ	ショ	ジョ	チョ	ニョ	ヒョ	ビョ	ピョ	ミョ	リョ
ㄅ	ㄎㄧㄡ	ㄍㄧㄡ	ㄒㄧㄡ	ㄐㄧㄡ	ㄑㄧㄡ	ㄋㄧㄡ	ㄏㄧㄡ	ㄅㄧㄡ	ㄆㄧㄡ	ㄇㄧㄡ	ㄌㄧㄡ

聽說讀寫全收錄，
這本日語50音超好學！

我的第一本日語50音自學書

菜菜子◎著

前言

隨著日本動漫、日語流行歌、日本連續劇的日益普及化。「日本文化」已經成為我們在日常生活中經常接觸到的文化。再加上現在到日本免簽證，短短三小時就能到達這個多采多姿的國度，匯集了所有令人愛不釋手的美妝、電器品及獨特的美食、文化，加上令人倍感親切的漢字，使日語繼英語後，成為最熱門的外國語言！

在外語學習中除了一般普遍使用的英語外，最實用以及最容易上手的非日文莫屬。且許多日文中的漢字都與國字相仿，給人似曾相似的感覺，比起其他外國人士學習日語的困難程度來說，絕對是更加有利。

日語是由五十音的平假名、片假名及漢字組成，只要先將五十音的平片假名學好，就能順利說出單字與生活短句。因此認識五十音是學習日語的第一步，熟記五十音的發音及寫法，為日文學習之路打下良好的基礎。

對日文還沒有概念的人，可能覺得常常聽到人家說日文有什麼「平假名」「片假名」、什麼「清音」「濁音」的，連英文字母的羅馬拼音都用上了，到底日語文字的構成元素是什麼？怎麼學才簡單，才可以化繁為簡？

其實，日本文字的構成就只有「假名」與「漢字」而已。

私は学生です。這句日文該怎麼唸呢？發音標注如下：

私は学生です。

わたし　は　がくせい　です

wa ta shi wa ga ku seii desu → 這個表示日文發音的英文字母就是所謂的羅馬拼音。

「假名」又分為「平假名」「片假名」，不過這兩種只是寫法不同而已，發音其實是一樣的，就像英文字母有大寫 ABC 與小寫

abc 之分，所以「平假名」與「片假名」不需要學兩次喔，這樣聽起來是不是簡單多了呢。

本書特別為讀者們精心設計了容易看、方便使用，具強化記憶的學習平台，讓讀者可以很輕鬆地從五十音開始人生中的第一堂日文課。本書以最簡單的說明方式教會你最標準的日語 50 音，奠定良好完整的日語基礎。請跟著本書依序閱讀、練習，並請搭配 MP3（音檔 QR 碼請見 P.5）跟讀。每一組清音、濁音、半濁音、拗音的平片假名均搭配雙拼音發音標注、正確筆劃教寫、相關單字、書寫習字帖。只要每天挪出 10 分鐘的時間：1 分鐘邊聽 MP3 邊唸假名讀音；5 分鐘了解假名的筆順並動手寫一寫，在動筆中熟記字形；在「唸一唸」單元中花 4 分鐘時間邊聽 MP3 邊唸，熟悉假名發音，記誦相關單字，也認識更多單字，一舉兩得！。

本書特別聘請日籍老師錄製 MP3，純正的日語發音，為讀者營造最佳的日語學習環境。書中有 MP3 朗誦的部分都以一個圖案做為標示，旁邊的數字表示它的曲目音軌（track），也就是當書上標示「001」的時候，表示這頁文字的內容你可以在隨身聽或電腦上選曲目 001 就可以聽到囉。如此利用眼到、口到、手到、耳到的互動式連結，能快速加強大腦記憶，不僅學會五十音也熟記更多常用單字，學習效果更加倍。附錄部分特別為讀者整理了生活日語實用句，內容輕鬆簡單又實用，對於剛熟悉日語五十音的讀者來說是一個很好的練習管道，看著句子邊聽 MP3，順便記下超實用的日語會話短句，讓你根本不覺得自己是在「背」五十音！希望本書貼心的設計，可以提供讀者有系統而完整的協助，學得又準又快，學習零負擔。

Part 1 清音的基礎發音

「假名」又分為「平假名」「片假名」，不過這兩種只是寫法不同而已，發音其實是一樣的，就像英文字母有大寫 ABC 與小寫 abc 之分，所以「平假名」與「片假名」不需要學兩次喔，這樣聽起來是不是簡單多了呢？

Part 2 濁音、半濁音就這樣學會了

基本的 50 音是「清音」，而「濁音」「半濁音」之類的只是在原來的假名上再加上一點點不同的變化而已，只要學會了發音技巧，就萬事 ok 了，對大腦的記憶不會增加什麼額外的負擔呢！

Part 3 拗音就這樣學會了

拗音是將「き、ぎ、し、ち、じ/ぢ、に、ひ、び、ぴ、み、り」和「や行」連在一起讀，比如我們說「飄」的時候，不會把「ㄆ」「ㄧ」「ㄠ」分開唸，一定會合在一起唸「ㄆㄧㄠ」，拗音的原理也是一樣，將假名合成一拍來唸。在書寫時，「や行」的假名要寫得比左邊假名小喔。

Part 4 附錄

▶請掃描 QR 碼以取得本書 MP3 音檔

本書特色

～聽說讀寫全收錄，輕鬆開口說日語！

1 正確筆劃教寫

提供平假名、片假名的正確筆劃教寫，從字形的演變過程到字母筆順一目了然，練習寫出標準字體！

2 雙發音標示

羅馬拼音＋ㄅㄆㄇ注音，ㄅㄆㄇ注音輔助學發音，好記不會忘。

3 搭配MP3增強功力

搭配 MP3 一起學習背誦，不僅發音學得標準、道地，還有助於記憶，奠定良好根基。（音檔 QR 碼請見 P.5）

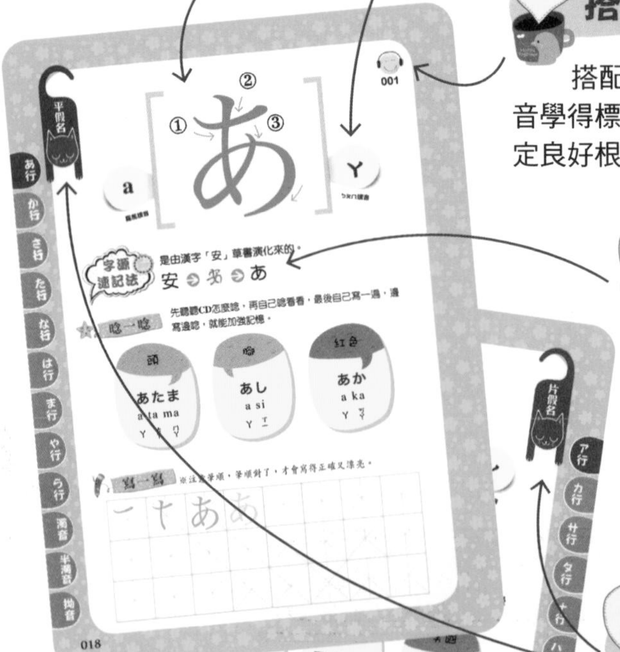

4 字源記憶學習法

貼心標示假名的字源，有助於讀者掌握正確字形，輕鬆理解，立即熟記。

5 平、片假名對頁編排

平假名、片假名為左右對頁，方便對照學習，不混淆！

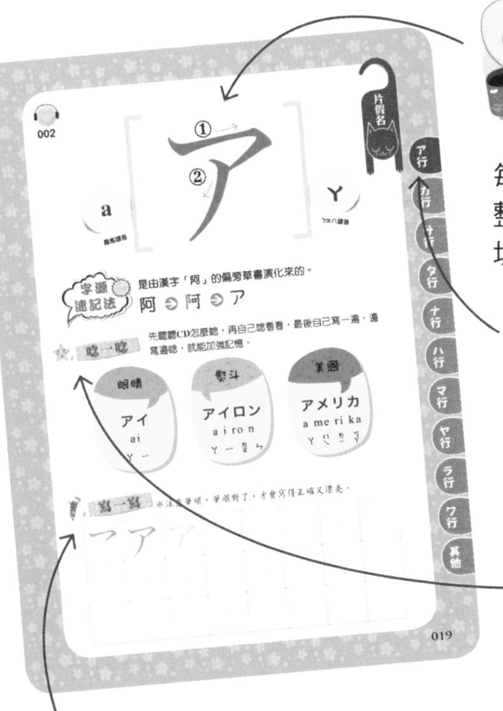

6 單一假名專頁說明

清音、濁音、半濁音、鼻音、拗音每一音都設有專頁說明及練習，可以完整學習到日文的所有假名，以補大部分坊間只著重五十音清音的不足。

7 採用字典索引標示法

每頁均標示出該假名所在之「あ行、か行、 さ行、た行……」方便讀者查找所需要的假名。

8 單字唸一唸

特別精選出該假名的單字搭配學習，既能加強發音練習，也讓讀者認識更多的單字，一舉兩得！

9 習字帖練習

「寫一寫」單元，學完立即動手寫一寫，邊寫邊唸，眼到、口到、手到，快速加強大腦記憶。

10 附錄補充生活實用句

精選出日常生活及旅遊中常用的句子，並標注ㄅㄆㄇ注音，句句精簡、實用，即使不懂文法也能即學即用。

充斥著外來語的生活 go!

205

大部分初學語的人都會覺得片假名比較難記，但其實它在日常生活中可是常常出現的，為了提升大家對片假名的熟悉感，以下我們就來看看到底平常的食衣住行娛樂中會用到多少外來語的片假名。搭配 CD 跟讀更能熟悉外來語的語感哦。

食

ステーキと焼き肉どちらがおいしいですか。
牛排和燒肉哪一種比較好吃？

ホットひとつにアイスふたつお願いします。
請給我一杯熱的和兩杯冰的。

ジュースが飲みたいです。
好想喝果汁哦！

一緒にスーパーへ買い物にきますか。
要一起去超市買東西嗎？

コーンスープがほしいですね。
我想要玉米濃湯。

ケーキは甘いから食べません。
蛋糕太甜了，我不吃。

232

go!

認識清音與鼻音

日文的文字基本上是由「假名」與「漢字」所構成。「假名」又可分「平假名」與「片假名」兩種。

日本在古代並沒有文字，直到和中國有了文化交流之後，才引進中國的漢字做為書寫的工具。但因漢字筆劃繁複書寫不便，為了因應實際需要，因此利用漢字草書簡化成「平假名」，利用漢字的偏旁造出「片假名」。

平假名大多用來標示日本固有的和語或漢語發音，是日語中使用最頻繁的文字。

片假名則用以標示外來語、擬聲語、擬態語或需要特別強調的語彙。

依發音來分，假名可分為清音、鼻音、濁音、半濁音、拗音、促音、長音等七種。

五十音圖表指的是清音以及鼻音的發音表。表中橫的為母音的變化，直的則是子音的變化。因此，每一直列依序稱為**あ**段、**い**段、**う**段、**え**段、**お**段，每一橫行則依序稱為**あ**行、**か**行、**さ**行、**た**行、**な**行、**は**行、**ま**行、**や**行、**ら**行、**わ**行。

但由於「**や**行」**い**段的【yi】被「**い**」取代、**え**段的【ye】被「**え**」取代；「**わ**行」**う**段的「**う**」是重覆的，另外「**ゐ**【wi】」「**ゑ**【we】」二字在現代日語也不使用了，目前已經廢止了，而「**わ**行」的「**を**」僅做助詞使用，因此，加上鼻音「**ん**」，如今實際使用的只有四十六音，通稱為五十音。

鼻音僅有「**ん**」一字「**ん**」必須附於其他字母下，不可單獨使用；用鼻子發音。

平、片假名五十音表

go!

	あ段	い段	う段	え段	お段
あ行	あ ア【a】	い イ【i】	う ウ【u】	え エ【e】	お オ【o】
か行	か カ【ka】	き キ【ki】	く ク【ku】	け ケ【ke】	こ コ【ko】
さ行	さ サ【sa】	し シ【shi】	す ス【su】	せ セ【se】	そ ソ【so】
た行	た タ【ta】	ち チ【chi】	つ ツ【tsu】	て テ【te】	と ト【to】
な行	な ナ【na】	に ニ【ni】	ぬ ヌ【nu】	ね ネ【ne】	の ノ【no】
は行	は ハ【ha】	ひ ヒ【hi】	ふ フ【fu】	へ ヘ【he】	ほ ホ【ho】
ま行	ま マ【ma】	み ミ【mi】	む ム【mu】	め メ【me】	も モ【mo】
や行	や ヤ【ya】		ゆ ユ【yu】		よ ヨ【yo】
ら行	ら ラ【ra】	り リ【ri】	る ル【ru】	れ レ【re】	ろ ロ【ro】
わ行	わ ワ【wa】				を ヲ【wo】
撥音（鼻音）	ん ン【n】				

濁音、半濁音表

濁音：於「か（カ）」、「さ（サ）」、「た（タ）」、「は（ハ）」行清音假名的右上端加上「"」的符號所形成的音。發音時喉音較清音重。

半濁音：於「は（ハ）」行清音假名的右上端加上「。」的符號所形成的音。為破折音的發音。

平、片假名濁音表

	あ段	い段	う段	え段	お段
が行	が ガ【ga】	ぎ ギ【gi】	ぐ グ【gu】	げ ゲ【ge】	ご ゴ【go】
ざ行	ざ ザ【za】	じ ジ【ji】	ず ズ【zu】	ぜ ゼ【ze】	ぞ ゾ【zo】
だ行	だ ダ【da】	ぢ ヂ【ji】	づ ヅ【zu】	で デ【de】	ど ド【do】
ば行	ば バ【ba】	び ビ【bi】	ぶ ブ【bu】	べ ベ【be】	ぼ ボ【bo】

平、片假名半濁音表

	あ段	い段	う段	え段	お段
ぱ行	ぱ パ【pa】	ぴ ピ【pi】	ぷ プ【pu】	ぺ ペ【pe】	ぽ ポ【po】

go!

拗音表

拗音：是由「い段」的子音，除了「い」以外的「き」、「し」、「ち」、「に」、「ひ」、「み」、「り」等分別搭配上小寫的「ゃ」、「ゅ」、「ょ」所構成的音。

平、片假名拗音表

	や	ゆ	よ
き	きゃ　キャ 【kya】	きゅ　キュ 【kyu】	きょ　キョ 【kyo】
し	しゃ　シャ 【sha】	しゅ　シュ 【shu】	しょ　ショ 【sho】
ち	ちゃ　チャ 【cha】	ちゅ　チュ 【chu】	ちょ　チョ 【cho】
に	にゃ　ニャ 【nya】	にゅ　ニュ 【nyu】	にょ　ニョ 【nyo】
ひ	ひゃ　ヒャ 【hya】	ひゅ　ヒュ 【hyu】	ひょ　ヒョ 【hyo】
み	みゃ　ミャ 【mya】	みゅ　ミュ 【myu】	みょ　ミョ 【myo】
り	りゃ　リャ 【rya】	りゅ　リュ 【ryu】	りょ　リョ 【ryo】
ぎ	ぎゃ　ギャ 【gya】	ぎゅ　ギュ 【gyu】	ぎょ　ギョ 【gyo】
じ	じゃ　ジャ 【ja】	じゅ　ジュ 【ju】	じょ　ジョ 【jo】
び	びゃ　ビャ 【bya】	びゅ　ビュ 【byu】	びょ　ビョ 【byo】
ぴ	ぴゃ　ピャ 【pya】	ぴゅ　ピュ 【pyu】	ぴょ　ピョ 【pyo】

go!

促音、長音規則

促音：出現在**「か行」**、**「さ行」**、**「た行」**、**「ぱ行」**音前面的一個特殊音，寫成小的**「っ（ッ）」**。發音時這個小的**「っ（ッ）」**是不發音，本書讀音標示「・」，表示暫時停頓一拍，因為停頓的時間很短促，故名為促音。例如：

きって（郵票）　おっと（丈夫）　さっき（剛剛）

せっけん（肥皂）　みっつ（三個）　もっと（更）

トラック（卡車）　マッチ（火柴）

長音：**「あ」**、**「い」**、**「う」**、**「え」**、**「お」**是日語的母音。日語的母音有長短之分，長音便是兩個母音同時出現所形成的音。兩個母音同時出現時，將前一音節的音拉長一倍發音。「片假名」中標示長音的符號為**「ー」**。例如**「メール**（郵件）**」**

規則如下

1「あ」段音＋「あ」：當**「あ」**段音（例如**あ、か、さ**……等）的假名遇到後面是**「あ」**的話，那麼前面的假名就要讀長一拍，而後面的**「あ」**則不用讀出來。例如：

おかあさん（母親）→ **かあ應讀作「かー」，か要拉長成兩拍。**

2「い」段音＋「い」：當**「い」**段音（例如**い、き、し**……等）的假名遇到後面是**「い」**的話，那麼前面的假名就要讀長一拍，而後面的**「い」**則不用讀出來。例如：

おにいさん（哥哥）→ **にい應讀作「にー」，に要拉長成兩拍。**

3「う」段音＋「う」、「お」：當**「う」**段音（例如**う、く、す**……等）的假名遇到後面是**「う」**或**「お」**的話，那麼前面的假名就要讀長一拍，而後面的**「う」**或**「お」**則不用讀出來。例如：

ふうふ（夫婦）→ **ふう應讀作「ふー」，ふ要拉長成兩拍。**

4「え」段音＋「い」、「え」：當**「え」**段音（例如**え、け、せ**……等）的假名遇到後面是**「い」**或**「え」**的話，那麼前面的假名就要讀長一拍，而後面的**「い」**或**「え」**則不用讀出來。例如：

えいが（電影）→ **えい應讀作「えー」，え要拉長成兩拍。**

おねえさん（姐姐）→ **ねえ應讀作「ねー」，ね要拉長成兩拍。**

5「お」段音＋「う」、「お」：當**「お」**段音（例如**お、こ、そ**……等）的假名遇到後面是**「う」**或**「お」**的話，那麼前面的假名就要讀長一拍，而後面的**「う」**或**「お」**則不用讀出來。例如：

いもうと（妹妹）→ **もう應讀作「もー」，も要拉長成兩拍。**

とおり（馬路）→ **とお應讀作「とー」，と要拉長成兩拍。**

go!

重音規則

唸日語的單字時，會在不同的音節出現高低或起伏的音調，稱為重音，也就 是所謂的**【アクセント】**。

一般書籍及字典大多採用數字 [1][2][3][4]…… [0]的方式標示重音。[0] 表示該字彙沒有重音，[1] 表示該字彙第一音節為重音，[2]表示第二音節為重音，其餘類推。每個單字的音節數以其所含假名數為準，拗音、促音、長音均算一個音節。

重音的種類

1.「**平板型**」：平板型標記為[0]，意思是該單字只有第一音節發較低的音，第二音節以下發同高音。

さくら [0] （**櫻花**）　　つくえ [0] （**桌子**）

はな [0] （**鼻子**）　　しんぶん [0] （**報紙**）

2.「**頭高型**」：頭高型標記為[1]，指該單字只有第一音節發較高的音，第二音節以下均發較低的音。

ねこ [1] （**貓**）　　しいたけ [1] （**香菇**）

めがね [1] （**眼鏡**）　　ちゅうごく [1] （**中國**）

3.「**中高型**」：中高型是第一音節與重音後的音節要發較低的音，中間音節發高音。所以要有三個音節以上的單字才會出現此型。中高型的三音節語標記為[2] ，四音節語可能為[2]或[3]，五音節語可能為 [2]或[3]或[4]。其餘依此類推。

おかし 2（點心）　ひくい 2（低的）

みそしる 3（味噌湯）　せんせい 3（老師）

あたたかい 4（暖和的）

4.「尾高型」：尾高型是第一音節低，第二個音節以後發同高音。如果後面接助詞時，助詞必須發較低的音。其中二音節語標記為 2 ，三音節語標記為 3 ，四音節語標記為 4 ，其餘類推。

やま 2（山）

あたま 3（頭）

いもうと 4（妹妹）

★「平板型」與「尾高型」的不同：

基本上都是第一音節低，第二個音節以後高，不同的地方是加助詞後平板型的助詞唸高，尾高型的助詞唸低。

はな＋は →「平板型」（鼻子）

はな＋は →「尾高型」（花）

小小叮嚀

「重音」在日文中可說是很重要的喲！同樣的字彙要是重音發錯了，那意思可是會相差十萬八千里呢！所以背單字時千萬要連重音也一起記起來，不然可是會讓人啼笑皆非。

はし 2（筷子）、はし 1（橋）

あめ 0（糖果）、あめ 1（下雨）

Part 1

清音的基礎發音

我們常聽到日語 50 音指的就是清音＋鼻音「ん」，如今實際使用的只有四十六音，通稱為五十音。每個音節有其相對應的假名，而假名有兩種書寫方式，即平假名和片假名。

平假名（ひらがな，Hiragana）是日語中表音符號的一種。平假名用以標示日本固有的和語或漢語發音，是日語中使用最頻繁的文字。

片假名（かたがな，katagana）是日語中表音符號的一種。片假名則用以標示外來語、外國地名、外國人名、擬聲語、擬態語或需要特別強調的語彙。

JAPAN

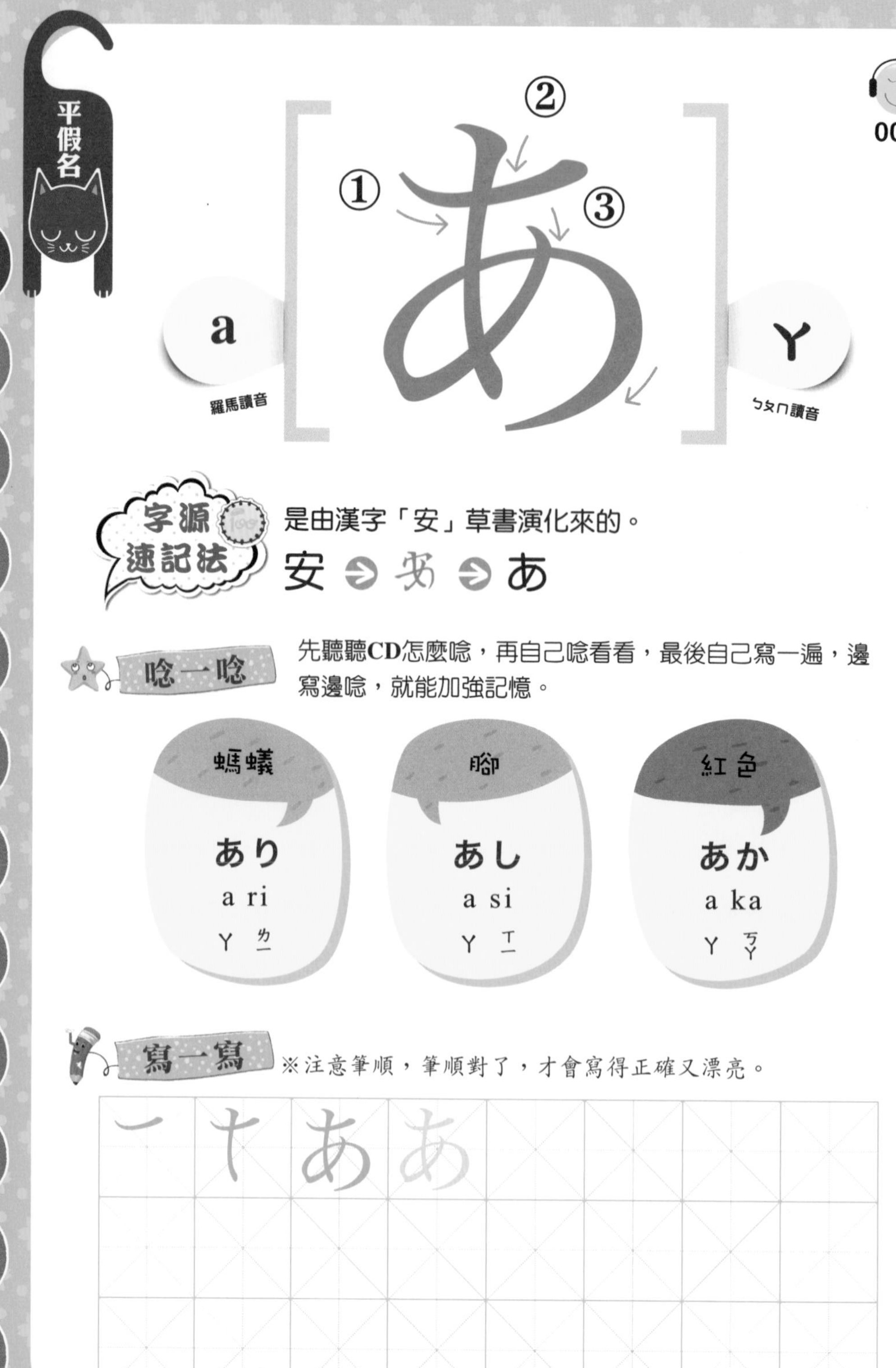

字源速記法 是由漢字「安」草書演化來的。

安 → 安 → あ

唸一唸 先聽聽CD怎麼唸，再自己唸看看，最後自己寫一遍，邊寫邊唸，就能加強記憶。

螞蟻	腳	紅色
あり	あし	あか
a ri	a si	a ka
Y ㄌㄧ	Y ㄒㄧ	Y ㄎㄚ

寫一寫 ※注意筆順，筆順對了，才會寫得正確又漂亮。

002

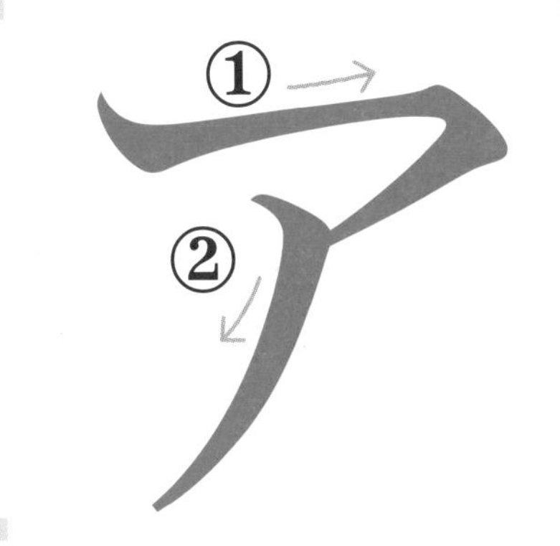

a

羅馬讀音

ㄅㄆㄇ讀音

是由漢字「阿」的偏旁演化來的。

阿 → 阿 → ア

先聽聽**CD**怎麼唸，再自己唸看看，最後自己寫一遍，邊寫邊唸，就能加強記憶。

眼睛	熨斗	美國
アイ	アイロン	アメリカ
ai	a i ro n	a me ri ka
ㄚ ㄧ	ㄚ ㄧ ㄌㄡ ㄣ	ㄚ ㄇㄟ ㄌㄧ ㄎㄚ

※注意筆順，筆順對了，才會寫得正確又漂亮。

あ行 か行 さ行 た行 な行 は行 ま行 や行 ら行 濁音 半濁音 拗音

003

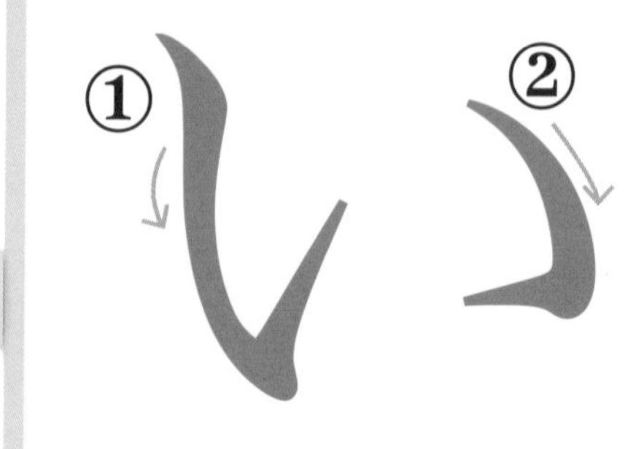

是由漢字「以」的草書演化來的。

以 ➔ い ➔ い

唸一唸

先聽聽**CD**怎麼唸，再自己唸看看，最後自己寫一遍，邊寫邊唸，就能加強記憶。

椅子	討厭	草莓
いす	いや	いちご
i su	i ya	i chi go
ㄧ ㄙ	ㄧ ㄧㄚ	ㄧ ㄑㄧ ㄍㄡ

※注意筆順，筆順對了，才會寫得正確又漂亮。

004

片假名

ア行 カ行 サ行 タ行 ナ行 ハ行 マ行 ヤ行 ラ行 ワ行 其他

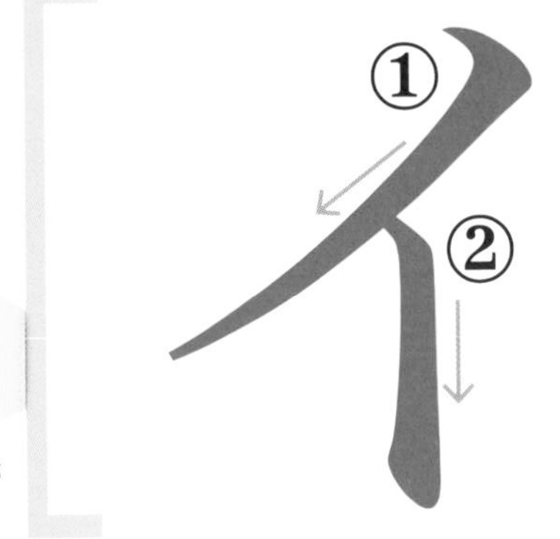

i
羅馬讀音

ㄧ
ㄅㄆㄇ讀音

是由漢字「伊」的左半部演化來的。

伊 ➔ 伊 ➔ イ

唸一唸

先聽聽CD怎麼唸，再自己唸看看，最後自己寫一遍，邊寫邊唸，就能加強記憶。

海豚	插圖	耳環
イルカ	イラスト	イヤリング
i ru ka	i ra su to	i ya ri n gu
ㄧ ㄌㄨ ㄎㄚ	ㄧ ㄌㄚ ㄙ ㄊㄡ	ㄧ ㄧㄚ ㄌㄧ ㄣ ㄍㄨ

※注意筆順，筆順對了，才會寫得正確又漂亮。

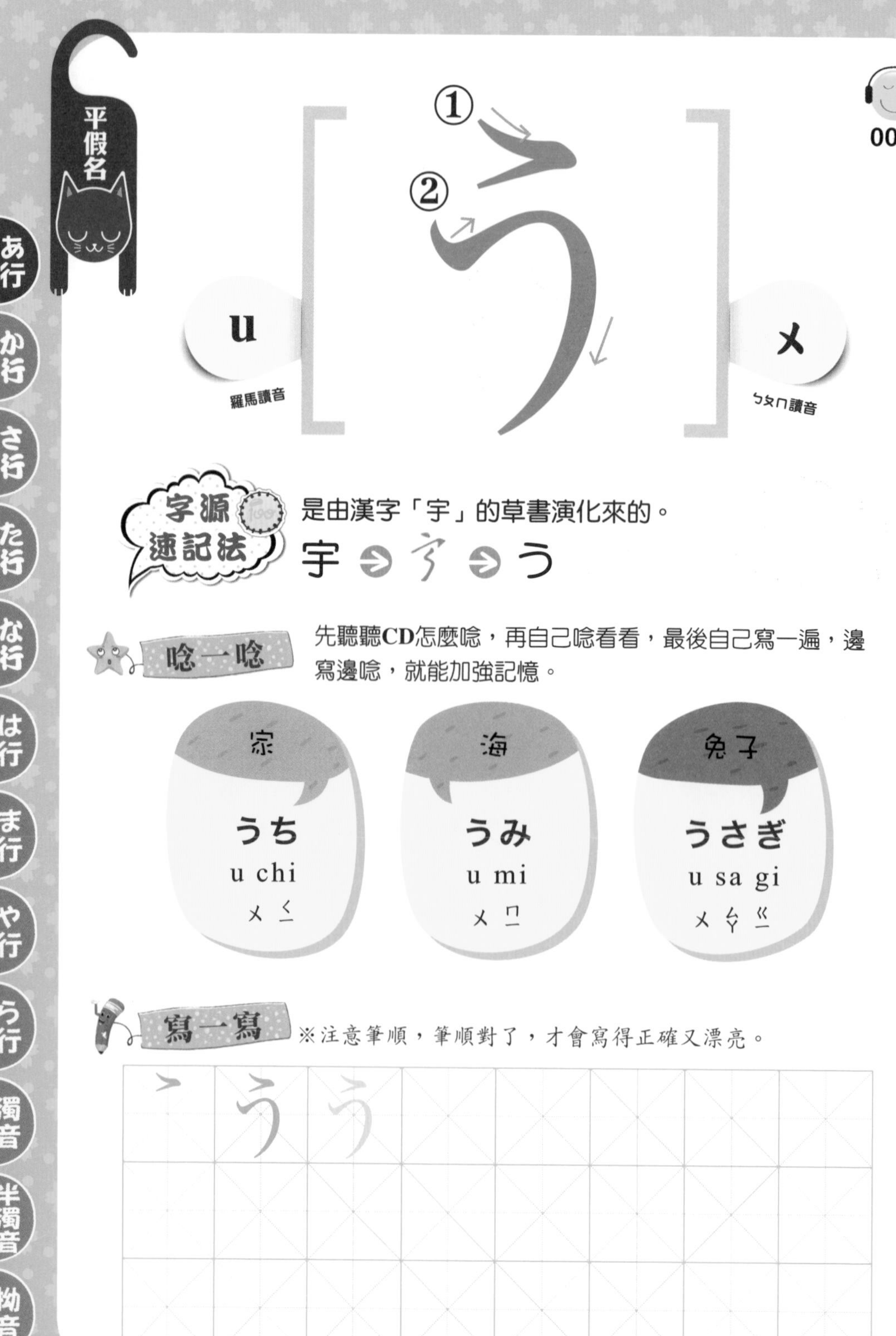
平假名
あ行
か行
さ行
た行
な行
は行
ま行
や行
ら行
濁音
半濁音
拗音
005
①
②
う
u
羅馬讀音
ㄨ
ㄅㄆㄇ讀音
字源速記法
是由漢字「宇」的草書演化來的。
宇 → → う
唸一唸
先聽聽CD怎麼唸，再自己唸看看，最後自己寫一遍，邊寫邊唸，就能加強記憶。
家
うち
u chi
ㄨ ㄑㄧ
海
うみ
u mi
ㄨ ㄇㄧ
兔子
うさぎ
u sa gi
ㄨ ㄙㄚ ㄍㄧ
寫一寫
※注意筆順，筆順對了，才會寫得正確又漂亮。

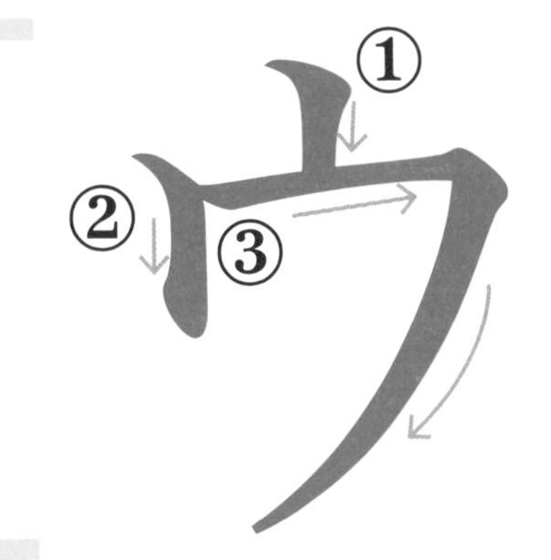

u
羅馬讀音

ㄨ
ㄅㄆㄇ讀音

是由漢字「宇」上半部演化來的。

宇 → 宇 → ウ

先聽聽CD怎麼唸，再自己唸看看，最後自己寫一遍，邊寫邊唸，就能加強記憶。

奇異果	腰圍	威士忌
キウイ	ウエスト	ウイスキー
ki u i	u e su to	u i su ki —
ㄎㄧ ㄨ ㄧ	ㄨ ㄝ ㄙ ㄊㄡ	ㄨ ㄧ ㄙ ㄎㄧ —

※注意筆順，筆順對了，才會寫得正確又漂亮。

007

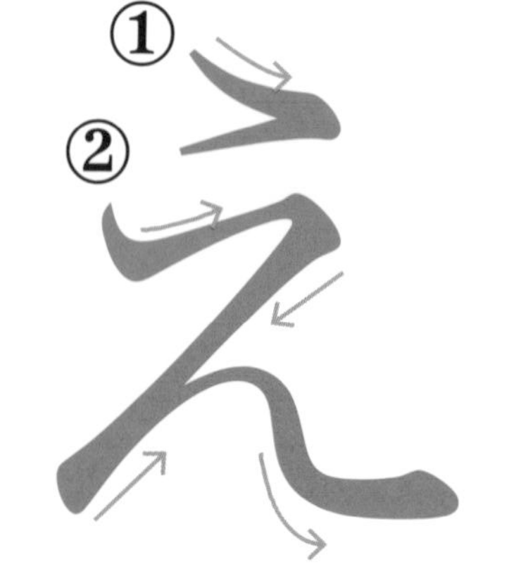

羅馬讀音

ㄅㄆㄇ讀音

是由漢字「衣」的草書演化來的。

衣 → 衣 → え

唸一唸 先聽聽CD怎麼唸，再自己唸看看，最後自己寫一遍，邊寫邊唸，就能加強記憶。

車站	電影	鉛筆
えき	えいが	えんぴつ
e ki	e — ga	e n pi tsu
せ ㄎㄧ	せ — ㄍㄚ	せ ㄣ ㄆㄧ ㄗ

※注意筆順，筆順對了，才會寫得正確又漂亮。

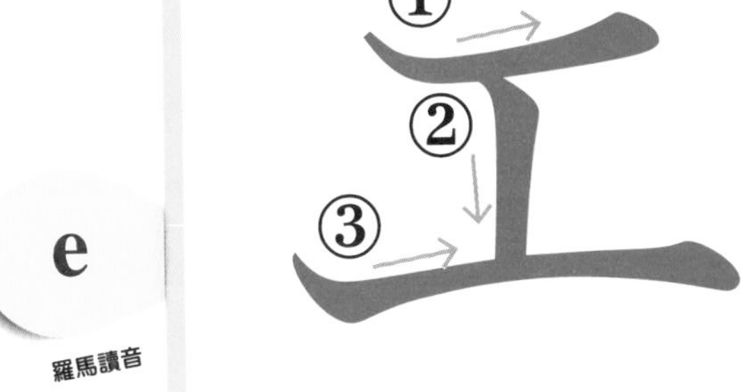

羅馬讀音　　ㄅㄆㄇ讀音

是由漢字「江」字的偏旁演化來的。

江 ➔ 江 ➔ エ

先聽聽**CD**怎麼唸，再自己唸看看，最後自己寫一遍，邊寫邊唸，就能加強記憶。

冷氣	電梯	手扶梯
エアコン	エレベーター	エスカレーター
e a ko n	e re be — ta —	e su ka re — ta —
ㄝ ㄚ ㄎㄡ ㄣ	ㄝ ㄌㄟ ㄅㄟ — ㄊㄚ —	ㄝ ㄙ ㄍㄚ ㄌㄟ — ㄊㄚ —

※注意筆順，筆順對了，才會寫得正確又漂亮。

009

お

o 羅馬讀音

ㄡ ㄅㄆㄇ讀音

是由漢字「於」的草書演化來的。

於 → 𫝀 → お

唸一唸 先聽聽CD怎麼唸，再自己唸看看，最後自己寫一遍，邊寫邊唸，就能加強記憶。

鬼怪	男子	音樂
おに	おとこ	おんがく
o ni	o to ko	o n ga ku
ㄡ ㄋㄧ	ㄡ ㄊㄡ ㄎㄡ	ㄡ ㄣ ㄍㄚ ㄎㄨ

寫一寫 ※注意筆順，筆順對了，才會寫得正確又漂亮。

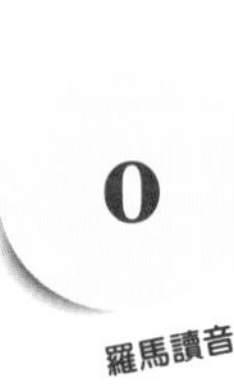

羅馬讀音

ㄅㄆㄇ讀音

是由漢字「於」的偏旁演化來的。

於 ➔ 於 ➔ オ

先聽聽CD怎麼唸，再自己唸看看，最後自己寫一遍，邊寫邊唸，就能加強記憶。

油	烤箱	摩托車
オイル	オーブン	オートバイ
o i ru	o — bu n	o — to ba i
ㄡ ㄧ ㄌㄨ	ㄡ — ㄅㄨ ㄣ	ㄡ — ㄊㄡ ㄅㄚ ㄧ

寫一寫 ※注意筆順，筆順對了，才會寫得正確又漂亮。

011

か

ka
羅馬讀音

ㄎㄚ
ㄅㄆㄇ讀音

是由漢字「加」的草書演化來的。

加 → か → か

唸一唸 先聽聽CD怎麼唸，再自己唸看看，最後自己寫一遍，邊寫邊唸，就能加強記憶。

烏龜	頭髮	風
かめ	かみ	かぜ
ka me	ka mi	ka ze
ㄎㄚ ㄇㄟ	ㄎㄚ ㄇㄧ	ㄎㄚ ㄗㄟ

※注意筆順，筆順對了，才會寫得正確又漂亮。

片假名

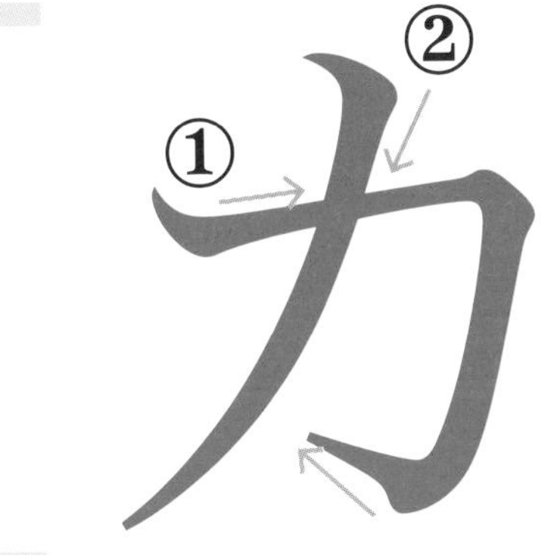

ka
羅馬讀音

ㄅㄆㄇ讀音

是由漢字「加」的左半部演化來的。

加 ➔ 加 ➔ カ

唸一唸 先聽聽CD怎麼唸，再自己唸看看，最後自己寫一遍，邊寫邊唸，就能加強記憶。

卡片	照相機	雞尾酒
カード	カメラ	カクテル
ka — do	ka me ra	ka ku te ru
ㄎㄚ — ㄉㄡ	ㄎㄚ ㄇㄟ ㄌㄚ	ㄎㄚ ㄎㄨ ㄊㄟ ㄌㄨ

※注意筆順，筆順對了，才會寫得正確又漂亮。

ア行 カ行 サ行 タ行 ナ行 ハ行 マ行 ヤ行 ラ行 ワ行 其他

ki
羅馬讀音

ㄎㄧ
ㄅㄆㄇ讀音

是由漢字「機」的草書演化來的。

機 ➔ ➔ き

唸一唸 先聽聽CD怎麼唸，再自己唸看看，最後自己寫一遍，邊寫邊唸，就能加強記憶。

漂亮；清潔	心情	狐狸
きれい	きもち	きつね
ki re —	ki mo chi	ki tsu ne
ㄎㄧ ㄌㄟ —	ㄎㄧ ㄇㄡ ㄑㄧ	ㄎㄧ ㄗ ㄋㄟ

寫一寫 ※注意筆順，筆順對了，才會寫得正確又漂亮。

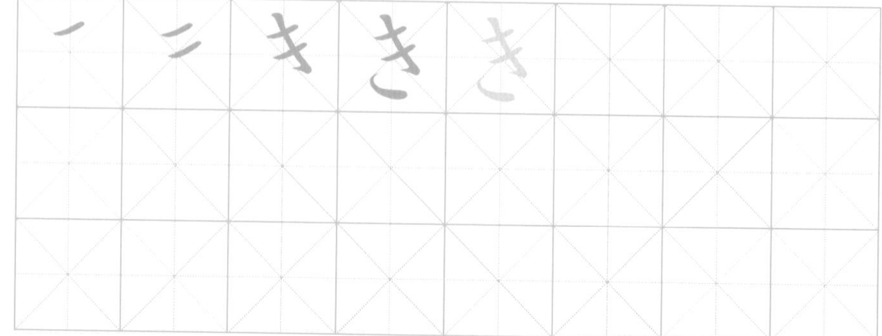

014

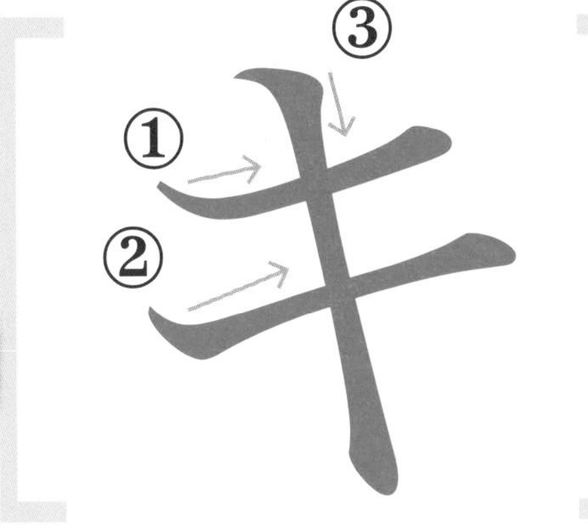

ki

羅馬讀音

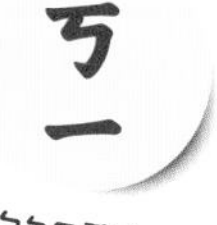

ㄅㄆㄇ讀音

是由漢字「機」的部分演化來的。

機 ➔ 機 ➔ キ

先聽聽CD怎麼唸，再自己唸看看，最後自己寫一遍，邊寫邊唸，就能加強記憶。

接吻	鑰匙	廚房
キス	キー	キッチン
ki su	ki —	ki・chi n
ㄎㄧ ㄙ	ㄎㄧ —	ㄎㄧ・ㄑㄧ ㄣ

※注意筆順，筆順對了，才會寫得正確又漂亮。

015

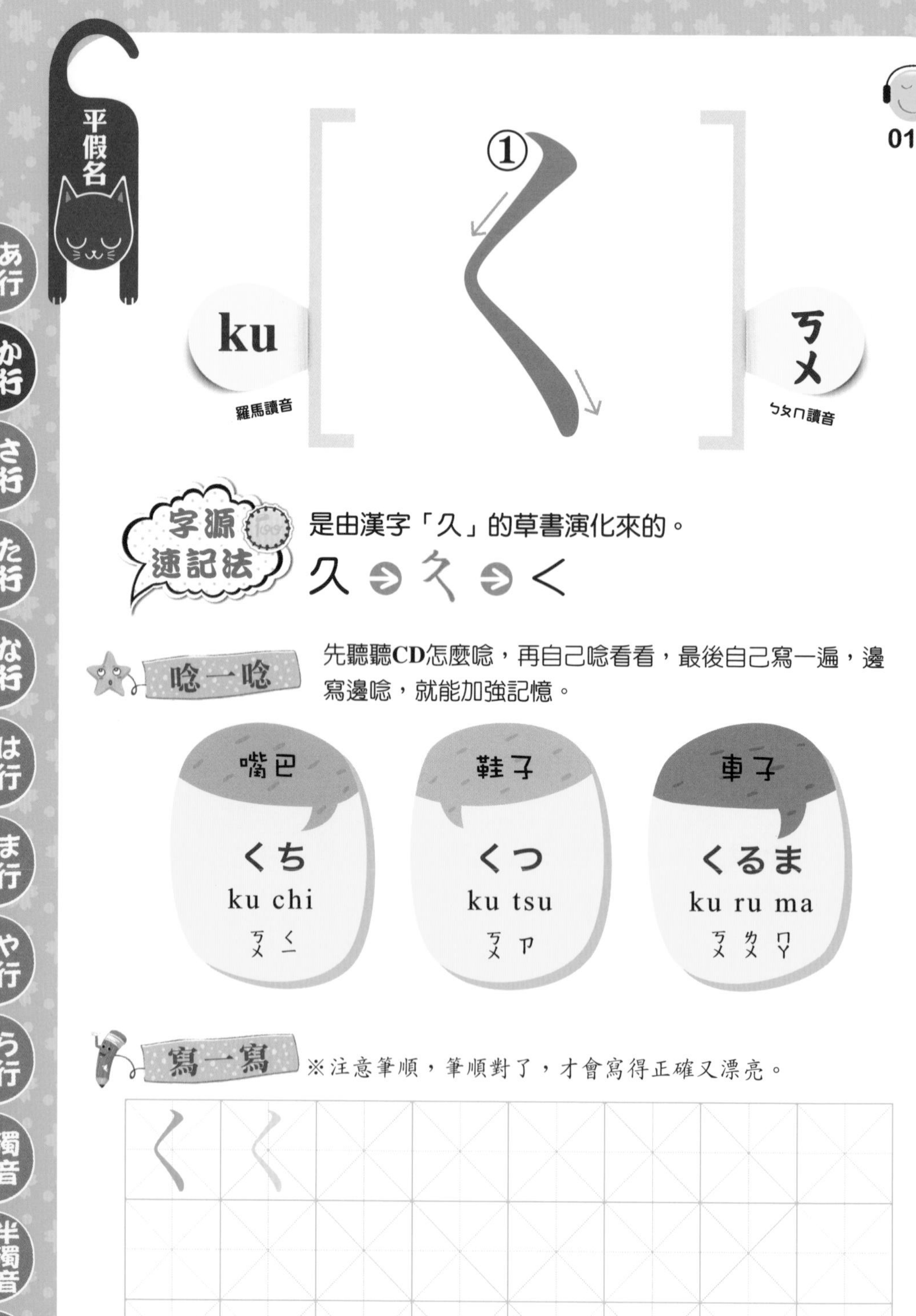

字源速記法 是由漢字「久」的草書演化來的。

久 → ㄑ → く

唸一唸 先聽聽CD怎麼唸，再自己唸看看，最後自己寫一遍，邊寫邊唸，就能加強記憶。

嘴巴
くち
ku chi
ㄎㄨ ㄑㄧ

鞋子
くつ
ku tsu
ㄎㄨ ㄗ

車子
くるま
ku ru ma
ㄎㄨ ㄌㄨ ㄇㄚ

寫一寫 ※注意筆順，筆順對了，才會寫得正確又漂亮。

く く

016

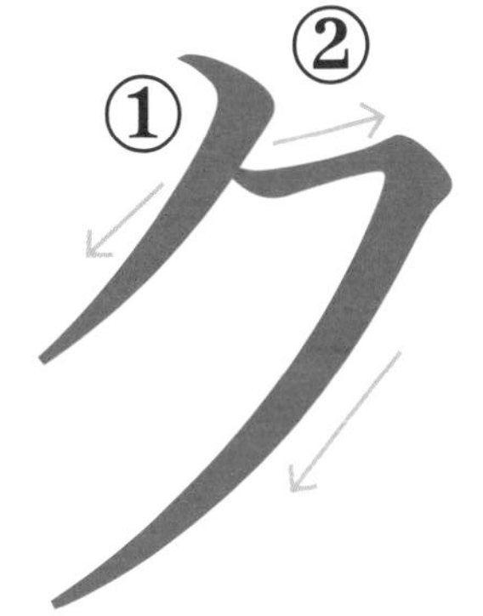

片假名

ku
羅馬讀音

ㄅㄆㄇ讀音

ア行
カ行
サ行
タ行
ナ行
ハ行
マ行
ヤ行
ラ行
ワ行
其他

是由漢字「久」的部分演化來的。

久 ➔ 久 ➔ ク

唸一唸

先聽聽**CD**怎麼唸，再自己唸看看，最後自己寫一遍，邊寫邊唸，就能加強記憶。

班級	餅乾	蠟筆
クラス	クッキー	クレヨン
ku ra su	ku・ki —	ku re yo n
ㄎㄨ ㄌㄚ ㄙ	ㄎㄨ・ㄎㄧ —	ㄎㄨ ㄌㄟ ㄧㄡ ㄣ

※注意筆順，筆順對了，才會寫得正確又漂亮。

017

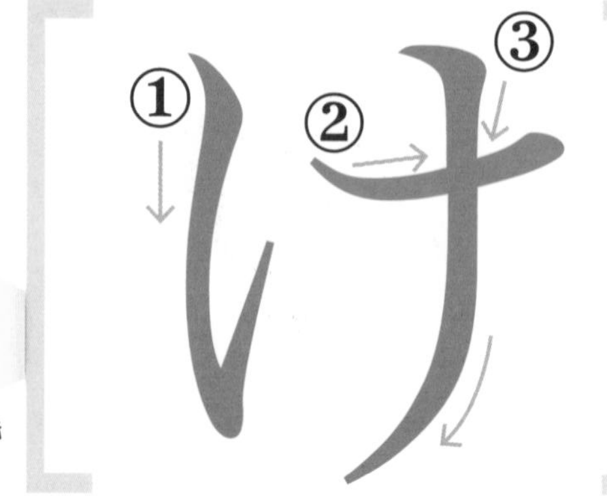

ke

羅馬讀音

ㄎㄟ

ㄅㄆㄇ讀音

是由漢字「計」的草書演化來的。

計 ➔ 计 ➔ け

唸一唸

先聽聽CD怎麼唸，再自己唸看看，最後自己寫一遍，邊寫邊唸，就能加強記憶。

煙	健康	結婚
けむり	けんこう	けっこん
ke mu ri	ke n ko —	ke • ko n
ㄎㄟ ㄇㄨ ㄌㄧ	ㄎㄟ ㄣ ㄎㄡ —	ㄎㄟ • ㄎㄡ ㄣ

寫一寫

※注意筆順，筆順對了，才會寫得正確又漂亮。

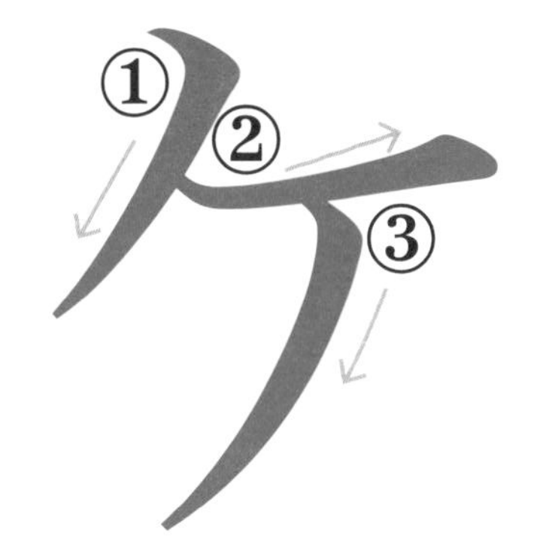

是由漢字「介」的部分演化來的。

介 ➔ 介 ➔ ケ

唸一唸 先聽聽CD怎麼唸，再自己唸看看，最後自己寫一遍，邊寫邊唸，就能加強記憶。

蛋糕	盒子	番茄醬
ケーキ	ケース	ケチャップ
ke — ki	ke — su	ke cha • pu
ㄎㄟ — ㄎㄧ	ㄎㄟ — ㄙ	ㄎㄟ ㄑㄧㄚ • ㄆㄨ

※注意筆順，筆順對了，才會寫得正確又漂亮。

ノ ㇐ ケ ケ

019

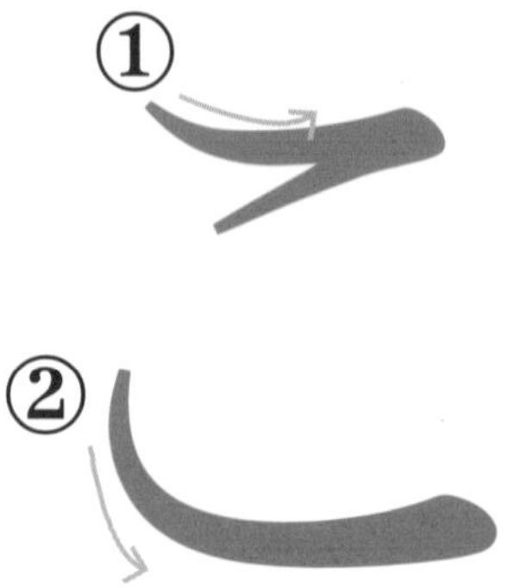

こ

ko

羅馬讀音

ㄎㄡ

ㄅㄆㄇ讀音

字源速記法 是由漢字「己」的草書演化來的。

己 → こ → こ

唸一唸 先聽聽**CD**怎麼唸，再自己唸看看，最後自己寫一遍，邊寫邊唸，就能加強記憶。

腰	米	小孩
こし	こめ	こども
ko shi	ko me	ko do mo
ㄎㄡ ㄒㄧ	ㄎㄡ ㄇㄟ	ㄎㄡ ㄉㄡ ㄇㄡ

寫一寫 ※注意筆順，筆順對了，才會寫得正確又漂亮。

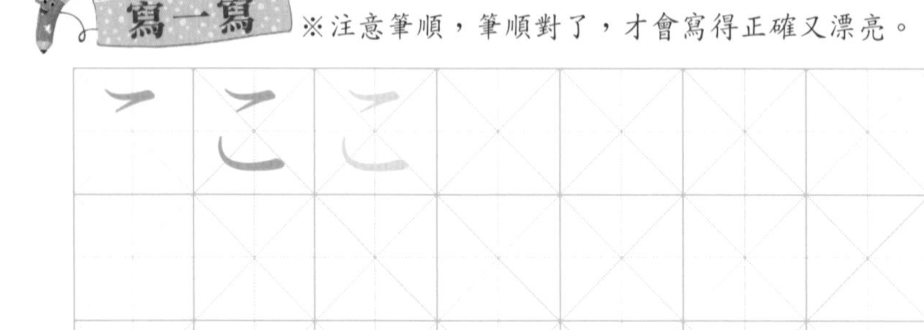

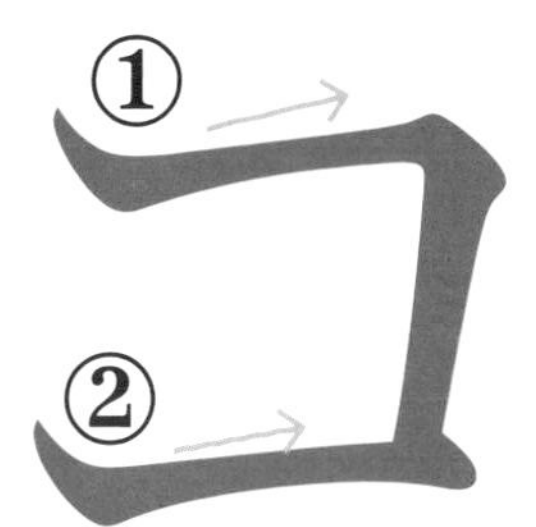

ko
羅馬讀音

ㄅㄆㄇ讀音

是由漢字「己」的部分演化來的。

先聽聽**CD**怎麼唸，再自己唸看看，最後自己寫一遍，邊寫邊唸，就能加強記憶。

咖啡	便利商店	隱形眼鏡
コーヒー	コンビニ	コンタクトレンズ
ko — hi —	ko n bi ni	ko n ta ku to re n zu
ㄎㄡ — ㄏㄧ —	ㄎㄡ ㄣ ㄅㄧ ㄋㄧ	ㄎㄡ ㄣ ㄊㄚ ㄎㄨ ㄊㄡ ㄌㄟ ㄣ ㄗㄨ

寫一寫 ※注意筆順，筆順對了，才會寫得正確又漂亮。

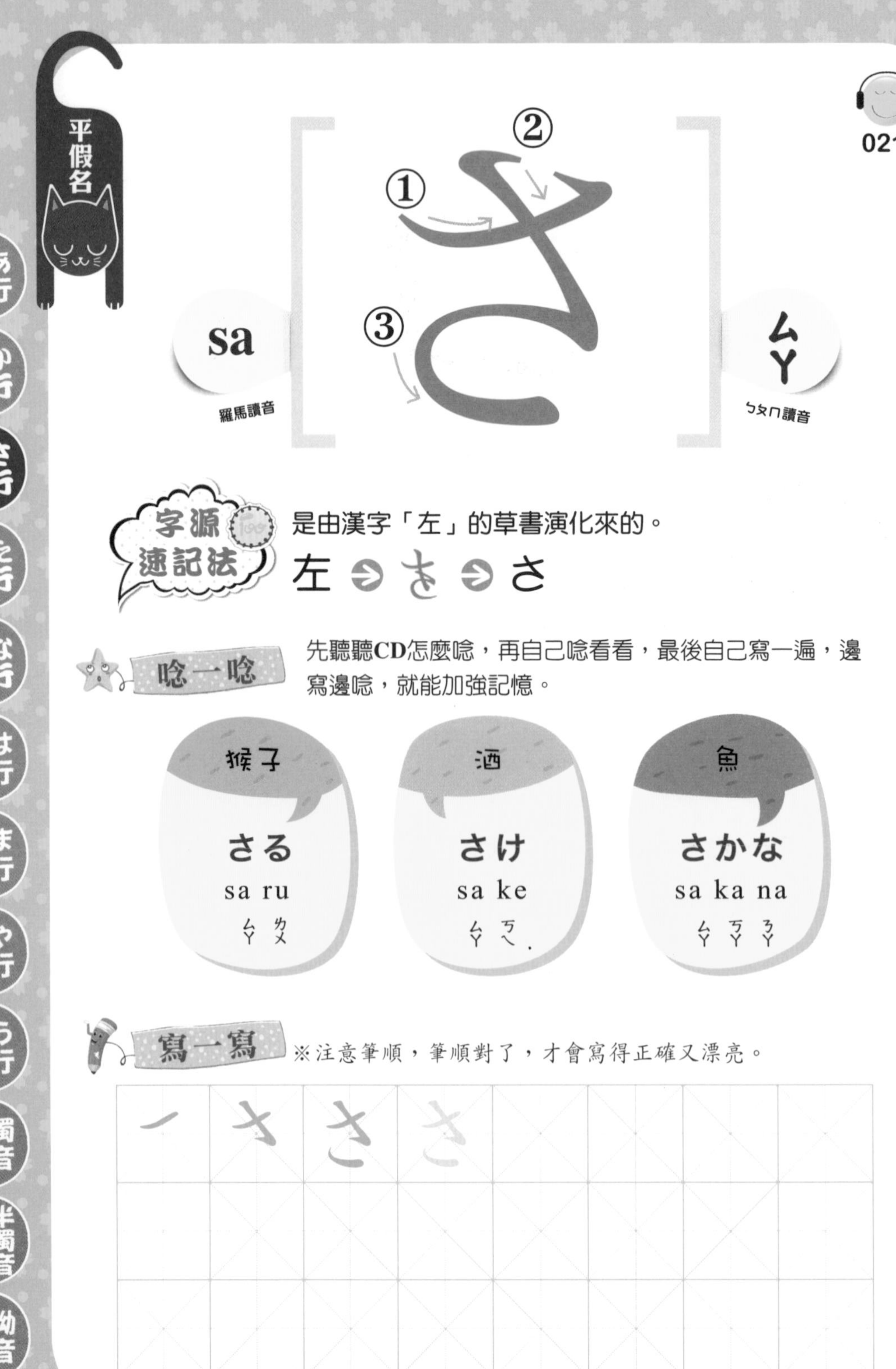

是由漢字「左」的草書演化來的。

左 → き → さ

先聽聽CD怎麼唸，再自己唸看看，最後自己寫一遍，邊寫邊唸，就能加強記憶。

※注意筆順，筆順對了，才會寫得正確又漂亮。

022

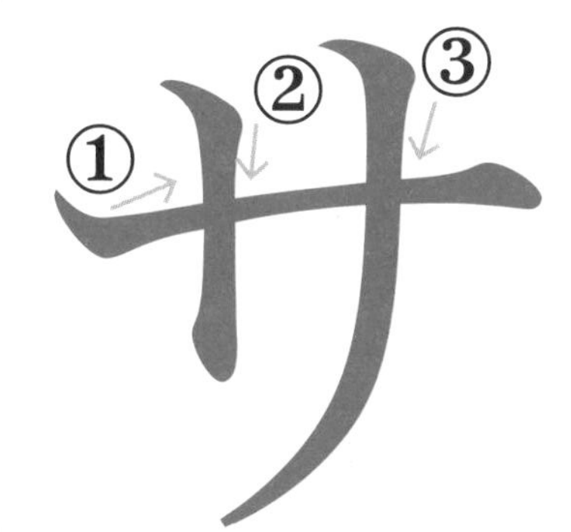

sa

羅馬讀音

ㄅㄆㄇ讀音

片假名

ア行 カ行 サ行 タ行 ナ行 ハ行 マ行 ヤ行 ラ行 ワ行 其他

是由漢字「散」的左上部分演化來的。

散 ➔ 散 ➔ サ

唸一唸 先聽聽**CD**怎麼唸，再自己唸看看，最後自己寫一遍，邊寫邊唸，就能加強記憶。

沙拉	簽名	尺寸
サラダ	サイン	サイズ
sa ra da	sa i n	sa i zu
ㄙㄚ ㄉㄚ ㄉㄚ	ㄙㄚ ㄧ ㄣ	ㄙㄚ ㄧ ㄗㄨ

※注意筆順，筆順對了，才會寫得正確又漂亮。

一 十 サ サ

字源速記法　是由漢字「之」的草書演化來的。

之 → ㇄ → し

唸一唸　先聽聽CD怎麼唸，再自己唸看看，最後自己寫一遍，邊寫邊唸，就能加強記憶。

鹿	下方	香菇
しか	した	しいたけ
shi ka	shi ta	shi — ta ke
ㄒㄧ ㄎㄚ	ㄒㄧ ㄊㄚ	ㄒㄧ — ㄊㄚ ㄎㄟ

寫一寫　※注意筆順，筆順對了，才會寫得正確又漂亮。

し　し

024

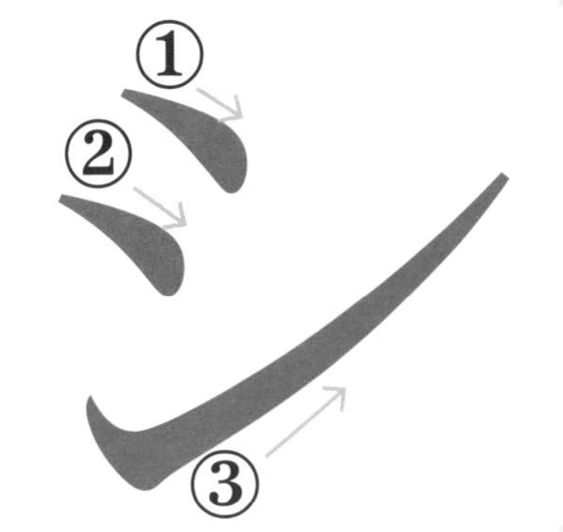

shi
羅馬讀音

ㄒㄧ
ㄅㄆㄇ讀音

字源速記法

是由漢字「之」演化來的。

之 → 之 → シ

唸一唸

先聽聽CD怎麼唸，再自己唸看看，最後自己寫一遍，邊寫邊唸，就能加強記憶。

海	蹺蹺板	安全帶
シー	シーソー	シートベルト
shi —	shi — so —	shi — to be ru to
ㄒㄧ —	ㄒㄧ — ㄙㄡ —	ㄒㄧ — ㄊㄡ ㄅㄟ ㄌㄨ ㄊㄡ

寫一寫

※注意筆順，筆順對了，才會寫得正確又漂亮。

片假名

ア行 カ行 サ行 タ行 ナ行 ハ行 マ行 ヤ行 ラ行 ワ行 其他

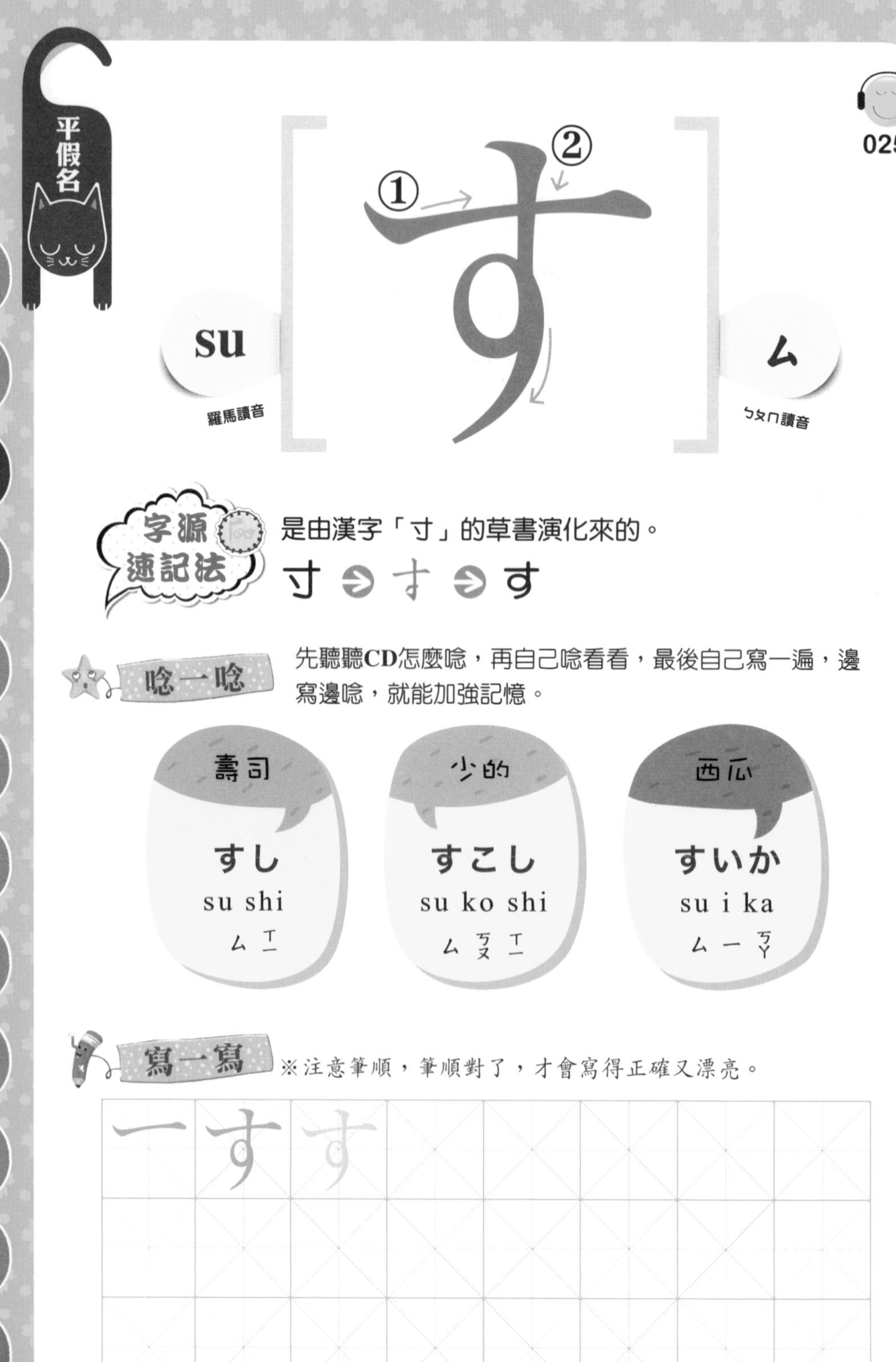

是由漢字「寸」的草書演化來的。

寸 → 寸 → す

先聽聽CD怎麼唸，再自己唸看看，最後自己寫一遍，邊寫邊唸，就能加強記憶。

※注意筆順，筆順對了，才會寫得正確又漂亮。

026

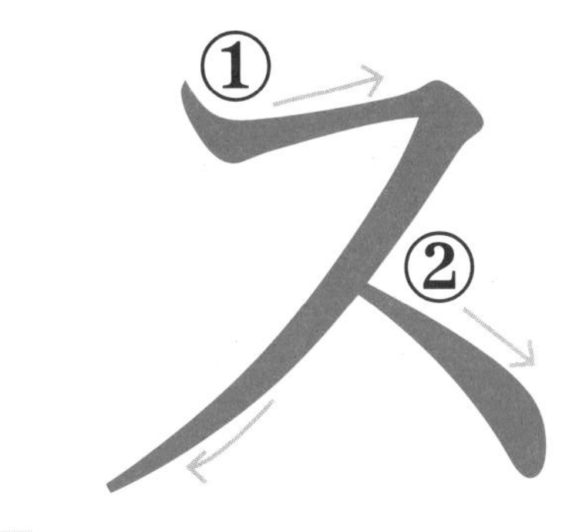

su
羅馬讀音

ㄙ
ㄅㄆㄇ讀音

ア行 カ行 サ行 タ行 ナ行 ハ行 マ行 ヤ行 ラ行 ワ行 其他

是由漢字「須」的右下部分演化來的。

須 ➔ 須 ➔ ス

先聽聽CD怎麼唸，再自己唸看看，最後自己寫一遍，邊寫邊唸，就能加強記憶。

湯	滑雪	裙子
スープ	スキー	スカート
su — pu	su ki —	su ka — to
ㄙ — ㄆㄨ	ㄙ ㄎㄧ —	ㄙ ㄎㄚ — ㄊㄡ

※注意筆順，筆順對了，才會寫得正確又漂亮。

平假名

あ行 か行 さ行 た行 な行 は行 ま行 や行 ら行 濁音 半濁音 拗音

せ

①②③

se
羅馬讀音

ㄙㄟ
ㄅㄆㄇ讀音

是由漢字「世」的草書演化來的。

世 → 世 → せ

唸一唸 先聽聽CD怎麼唸，再自己唸看看，最後自己寫一遍，邊寫邊唸，就能加強記憶。

座位	老師	肥皂
せき	せんせい	せっけん
se ki	se n se —	se • ke n
ㄙㄟ ㄎㄧ	ㄙㄟ ㄣ ㄙㄟ —	ㄙㄟ • ㄎㄟ ㄣ

※注意筆順，筆順對了，才會寫得正確又漂亮。

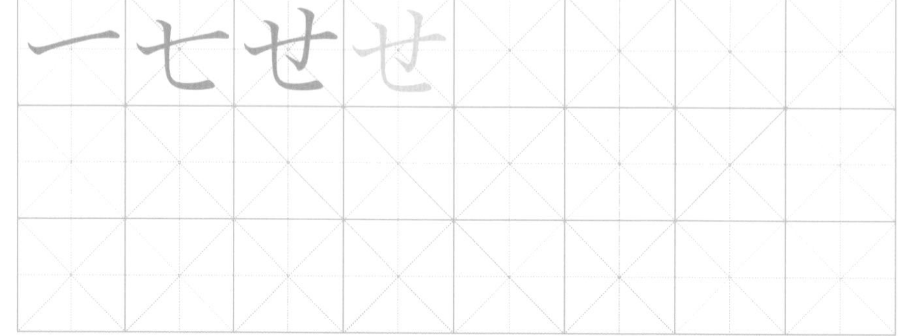

028

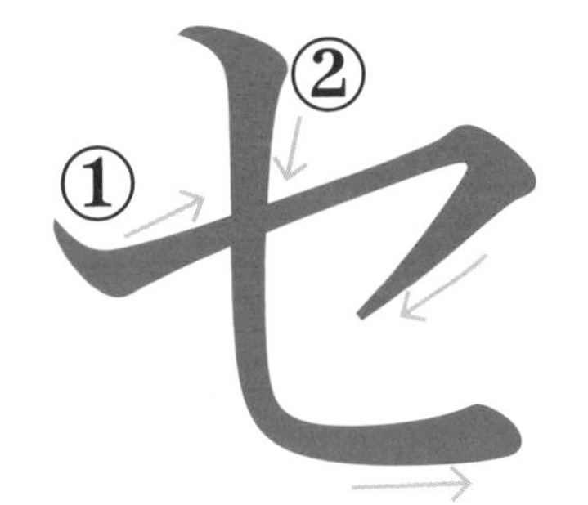

是由漢字「世」的部分演化來的。

世 ➔ 世 ➔ セ

先聽聽**CD**怎麼唸，再自己唸看看，最後自己寫一遍，邊寫邊唸，就能加強記憶。

芹菜	設定	毛衣
セロリ	**セット**	**セーター**
se ro ri	se・to	se — ta —
ㄙㄟ ㄌㄡ ㄌㄧ	ㄙㄟ・ㄊㄡ	ㄙㄟ — ㄊㄚ —

※注意筆順，筆順對了，才會寫得正確又漂亮。

029

SO

羅馬讀音

ㄙㄡ

ㄅㄆㄇ讀音

是由漢字「曾」的草書演化來的。

曾 → そ → そ

先聽聽CD怎麼唸，再自己唸看看，最後自己寫一遍，邊寫邊唸，就能加強記憶。

麵	祖父	打掃
そば	そふ	そうじ
so ba	so fu	so — ji
ㄙㄡ ㄅㄚ	ㄙㄡ ㄏㄨ	ㄙㄡ — ㄐㄧ

※注意筆順，筆順對了，才會寫得正確又漂亮。

あ行 か行 さ行 た行 な行 は行 ま行 や行 ら行 濁音 半濁音 拗音

030

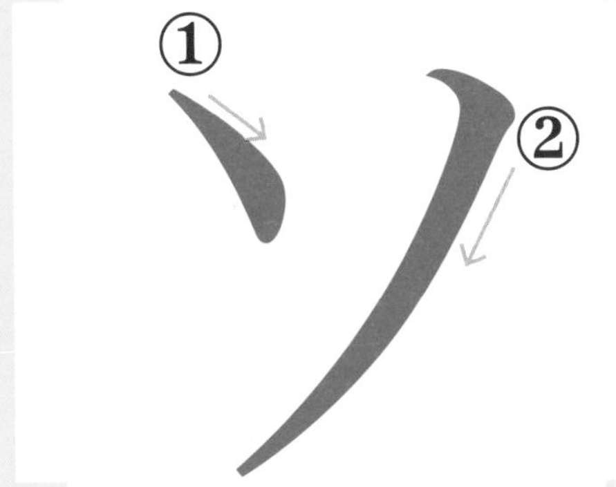

SO
羅馬讀音

ㄅㄆㄇ讀音

ア行 カ行 サ行 タ行 ナ行 ハ行 マ行 ヤ行 ラ行 ワ行 其他

是由漢字「曾」字的最上端部分演化來的。

曾 ➔ 曽 ➔ ソ

先聽聽CD怎麼唸，再自己唸看看，最後自己寫一遍，邊寫邊唸，就能加強記憶。

汽水	醬汁	短襪
ソーダ	ソース	ソックス
so — da	so — su	so • ku su
ㄙㄡ — ㄉㄚ	ㄙㄡ — ㄙ	ㄙㄡ • ㄎㄨ ㄙ

※注意筆順，筆順對了，才會寫得正確又漂亮。

031

ta

羅馬讀音

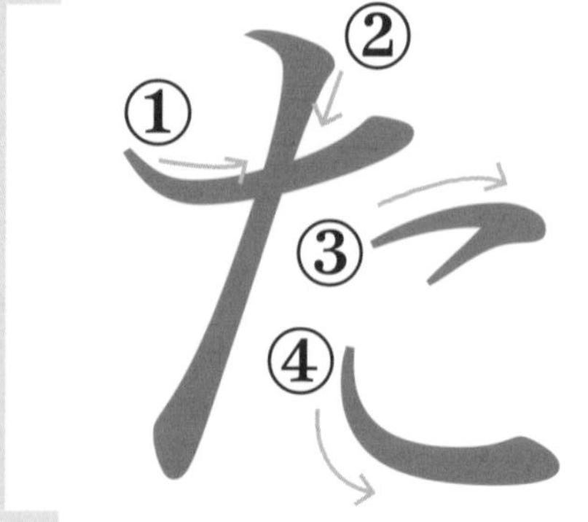

ㄅㄆㄇ讀音

是由漢字「太」的草書演化來的。

太 → 𠂇 → た

唸一唸

先聽聽CD怎麼唸，再自己唸看看，最後自己寫一遍，邊寫邊唸，就能加強記憶。

蛋	高的	太陽
たまご	たかい	たいよう
ta ma go	ta ka i	ta i yo —
ㄊㄚ ㄇㄚ ㄍㄡ	ㄊㄚ ㄎㄚ ㄧ	ㄊㄚ ㄧ ㄧㄡ —

※注意筆順，筆順對了，才會寫得正確又漂亮。

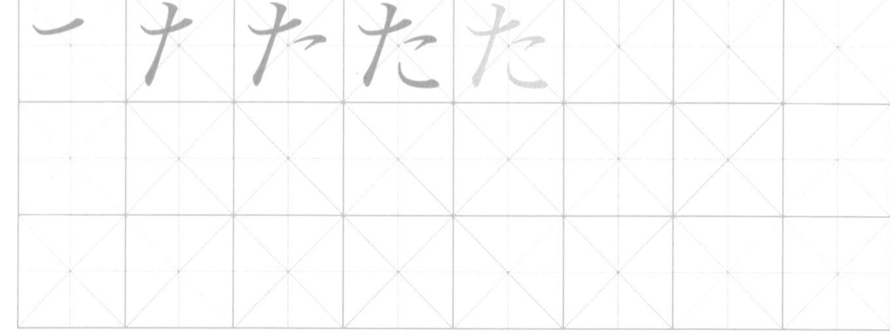

032

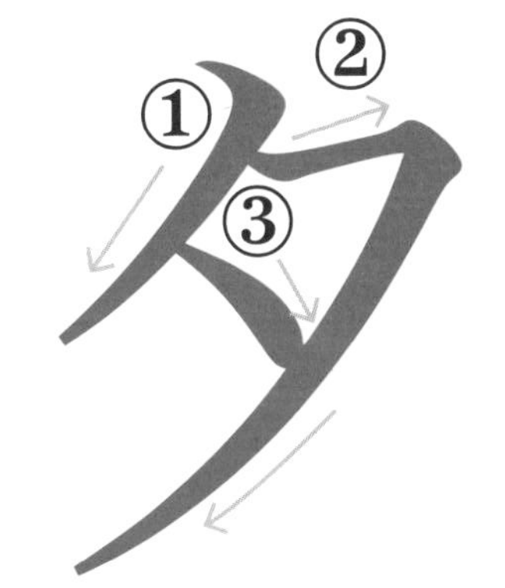

ta

羅馬讀音

ㄅㄆㄇ讀音

是由漢字「多」的部分演化來的。

多 ➔ 多 ➔ タ

唸一唸 先聽聽CD怎麼唸，再自己唸看看，最後自己寫一遍，邊寫邊唸，就能加強記憶。

時間	計程車	型錄
タイム	タクシー	カタログ
ta i mu	ta ku shi —	ka ta ro gu
ㄊㄚ ㄧ ㄇㄨ	ㄊㄚ ㄎㄨ ㄒㄧ —	ㄎㄚ ㄊㄚ ㄌㄡ ㄍㄨ

※注意筆順，筆順對了，才會寫得正確又漂亮。

chi
羅馬讀音

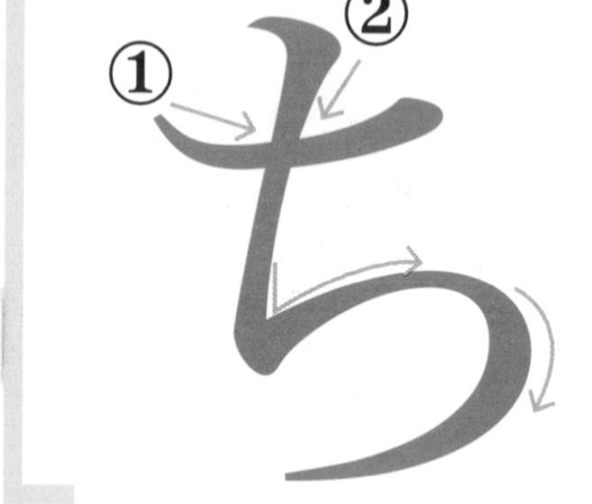

ㄑㄧ
ㄅㄆㄇ讀音

是由漢字「知」的草書演化來的。

知 ➔  ➔ ち

唸一唸 先聽聽**CD**怎麼唸，再自己唸看看，最後自己寫一遍，邊寫邊唸，就能加強記憶。

地圖	不一樣	遲到
ちず	ちがい	ちこく
chi zu	chi ga i	chi ko ku
ㄑㄧ ㄗㄨ	ㄑㄧ ㄍㄚ ㄧ	ㄑㄧ ㄎㄡ ㄎㄨ

寫一寫 ※注意筆順，筆順對了，才會寫得正確又漂亮。

034

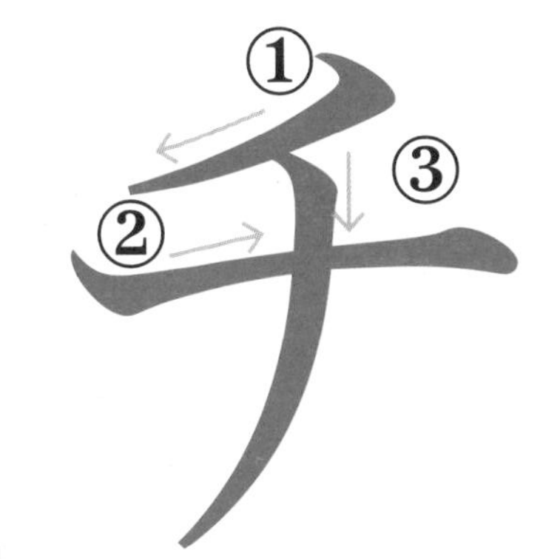

羅馬讀音

ㄅㄆㄇ讀音

是由漢字「千」的變形演化來的。

千 → 千 → チ

先聽聽CD怎麼唸，再自己唸看看，最後自己寫一遍，邊寫邊唸，就能加強記憶。

乳酪	開關	票
チーズ	スイッチ	チケット
chi — zu	su i • chi	chi ke • to
ㄑㄧ — ㄗㄨ	ㄙㄧ • ㄑㄧ	ㄑㄧ ㄎㄟ • ㄊㄡ

※注意筆順，筆順對了，才會寫得正確又漂亮。

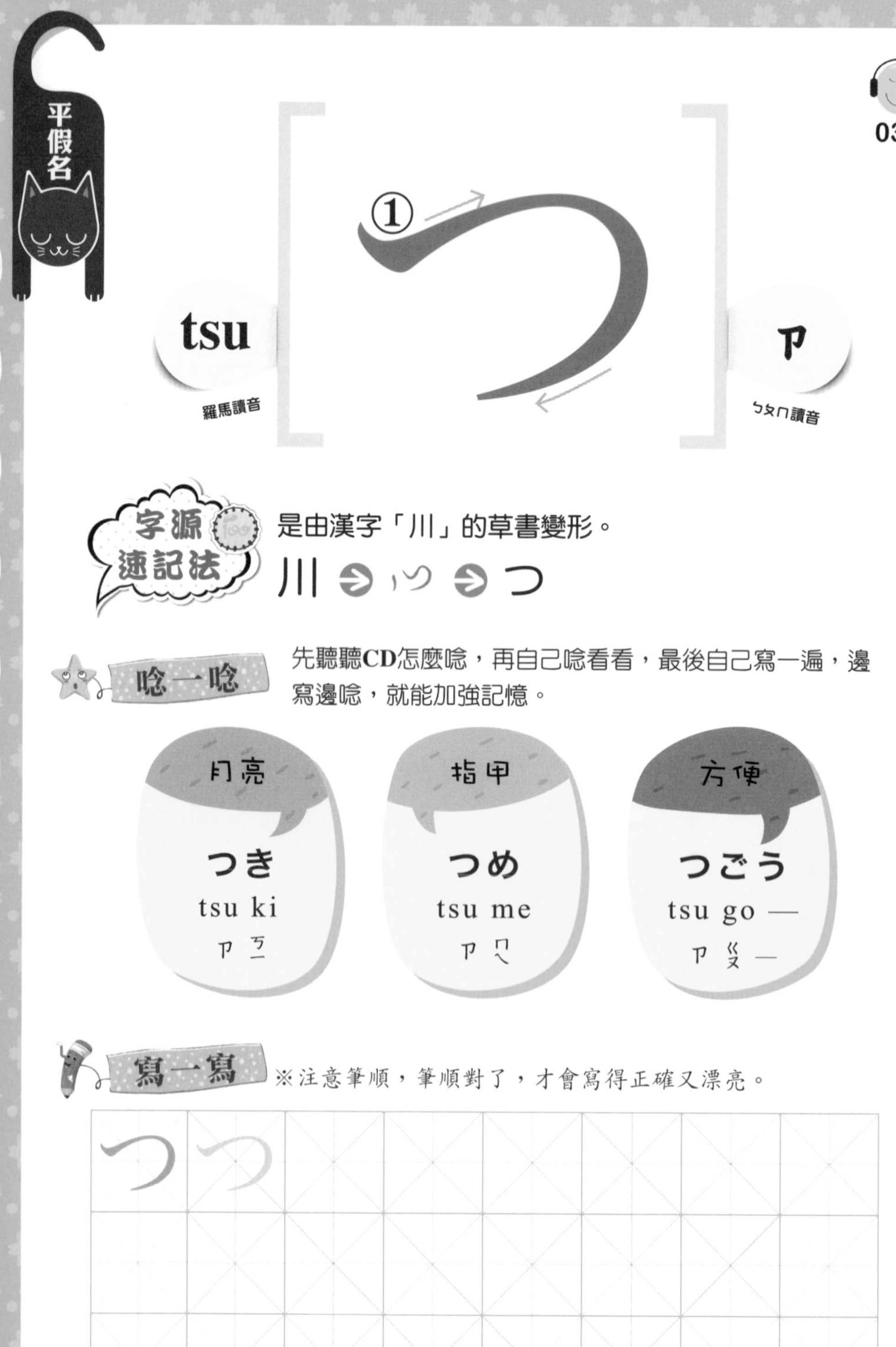

字源速記法 是由漢字「川」的草書變形。

川 → ツ → つ

唸一唸 先聽聽CD怎麼唸，再自己唸看看，最後自己寫一遍，邊寫邊唸，就能加強記憶。

月亮	指甲	方便
つき	つめ	つごう
tsu ki	tsu me	tsu go —
ㄗ ㄎㄧ	ㄗ ㄇㄟ	ㄗ ㄍㄡ —

寫一寫 ※注意筆順，筆順對了，才會寫得正確又漂亮。

つ つ

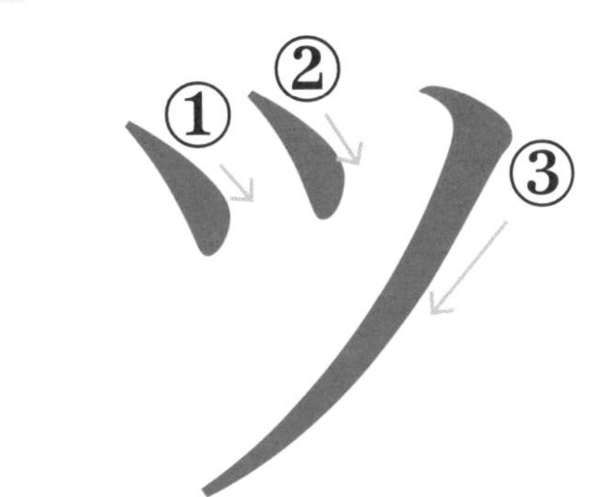

tsu

羅馬讀音

ㄗ

ㄅㄆㄇ讀音

是由漢字「川」的變形演化來的。

川 ➔ 川 ➔ ツ

唸一唸

先聽聽CD怎麼唸，再自己唸看看，最後自己寫一遍，邊寫邊唸，就能加強記憶。

旅行	運動	高麗菜
ツアー	スポーツ	キャベツ
tsu a —	su po — tsu	kya be tsu
ㄗ ㄚ —	ㄙㄨ ㄆㄡ — ㄗ	ㄎㄧㄚ ㄅㄟ ㄗ

※注意筆順，筆順對了，才會寫得正確又漂亮。

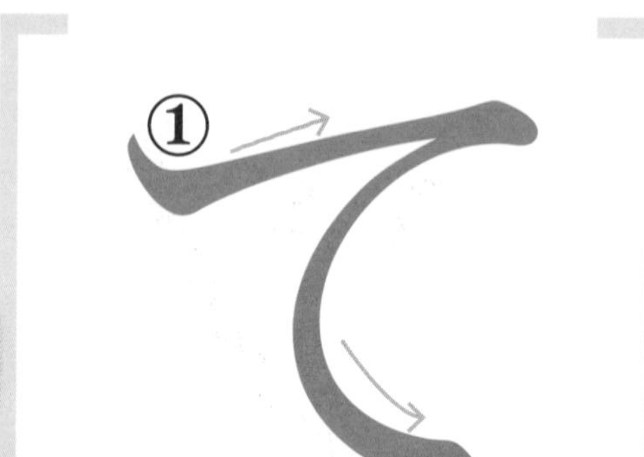

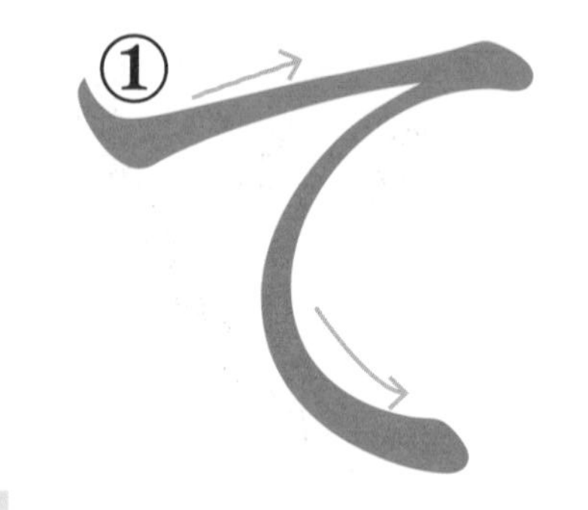

是由漢字「天」的草書演化來的。

天 → 𛀀 → て

唸一唸

先聽聽CD怎麼唸，再自己唸看看，最後自己寫一遍，邊寫邊唸，就能加強記憶。

寺廟	天氣	信
てら	てんき	てがみ
te ra	te n ki	te ga mi
ㄊㄟ ㄌㄚ	ㄊㄟ ㄣ ㄎㄧ	ㄊㄟ ㄍㄚ ㄇㄧ

※注意筆順，筆順對了，才會寫得正確又漂亮。

あ行 か行 さ行 た行 な行 は行 ま行 や行 ら行 濁音 半濁音 拗音

038

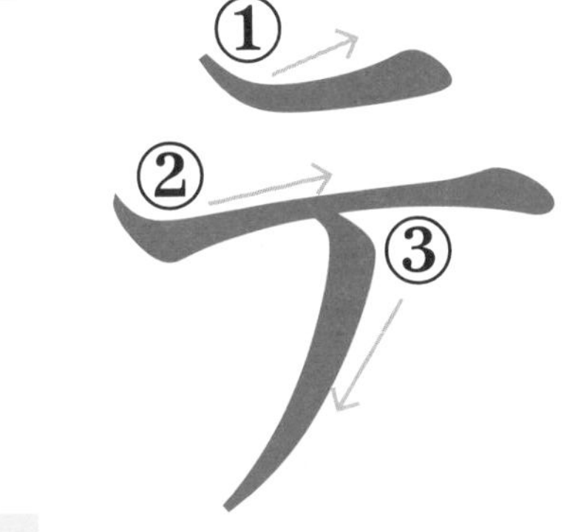

te

羅馬讀音

ㄊㄟ

ㄅㄆㄇ讀音

是由漢字「天」字的部分演化來的。

天 ➔ 天 ➔ テ

唸一唸

先聽聽CD怎麼唸，再自己唸看看，最後自己寫一遍，邊寫邊唸，就能加強記憶。

電視	牛排	桌子
テレビ	ステーキ	テーブル
te re bi	su te — ki	te — bu ru
ㄊㄟ ㄌㄟ ㄅㄧ	ㄙ ㄊㄟ — ㄎㄧ	ㄊㄟ — ㄅㄨ ㄌㄨ

寫一寫

※注意筆順，筆順對了，才會寫得正確又漂亮。

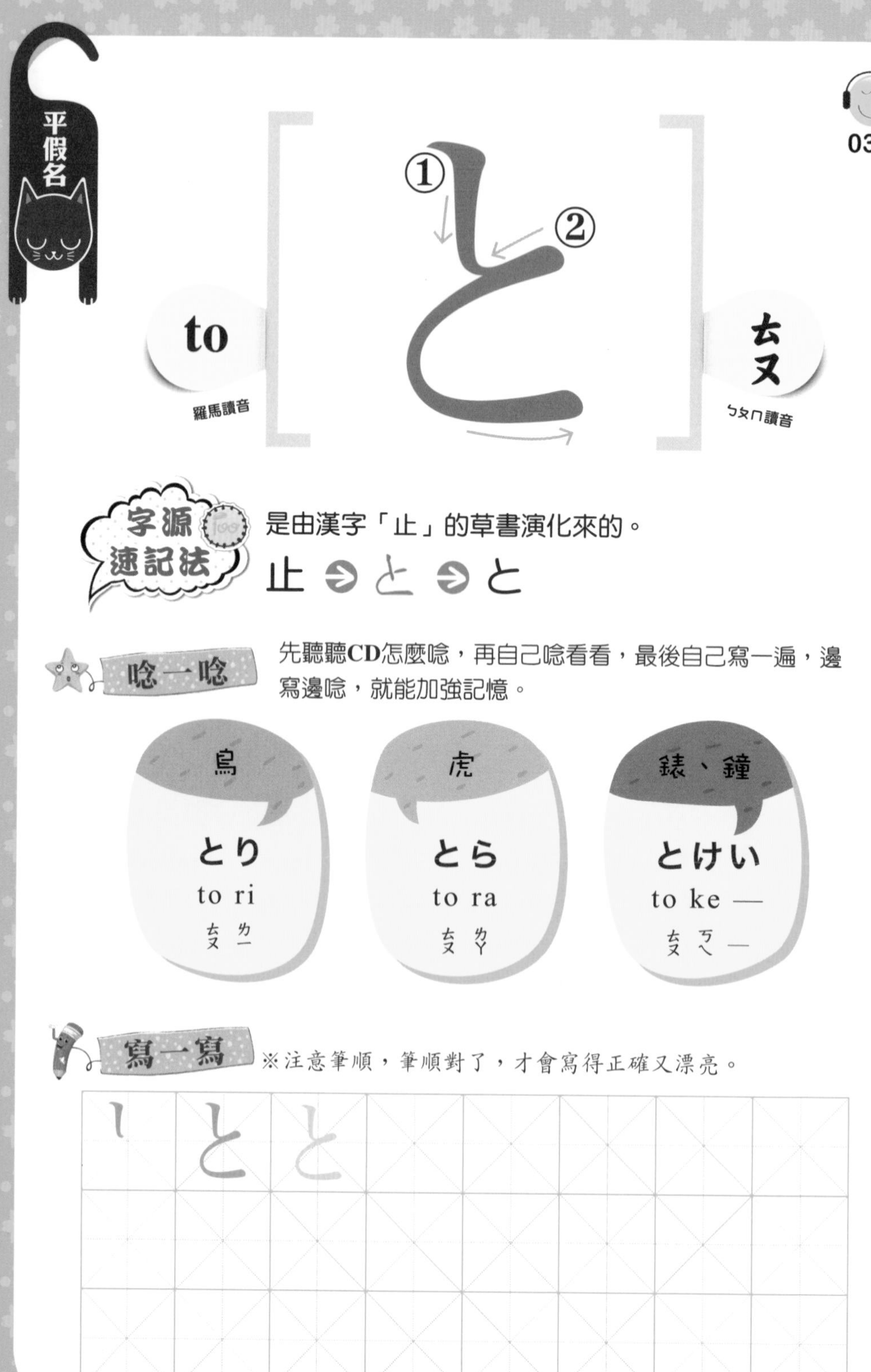

字源速記法 是由漢字「止」的草書演化來的。

止 ➔ と ➔ と

唸一唸 先聽聽CD怎麼唸，再自己唸看看，最後自己寫一遍，邊寫邊唸，就能加強記憶。

鳥	虎	錶、鐘
とり	とら	とけい
to ri	to ra	to ke —
ㄊㄡ ㄌㄧ	ㄊㄡ ㄌㄚ	ㄊㄡ ㄎㄟ —

寫一寫 ※注意筆順，筆順對了，才會寫得正確又漂亮。

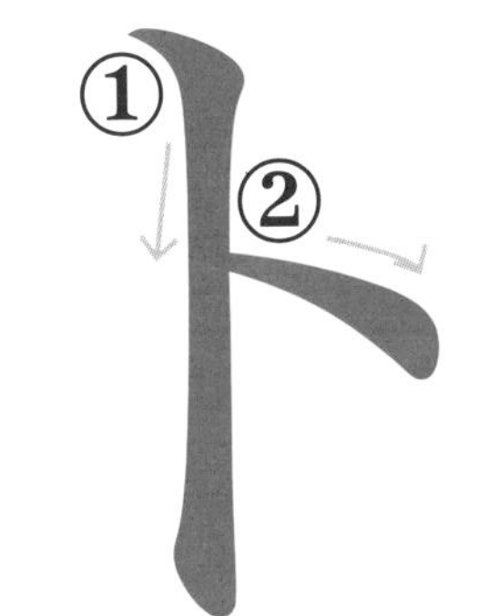

是由漢字「止」字的首兩劃演化來的。

止 → 止 → ト

唸一唸 先聽聽**CD**怎麼唸，再自己唸看看，最後自己寫一遍，邊寫邊唸，就能加強記憶。

番茄	廁所	音樂會
トマト	トイレ	コンサート
to ma to	to i re	ko n sa — to
ㄊㄡ ㄇㄚ ㄊㄡ	ㄊㄡ 一 ㄌㄟ	ㄎㄡ ㄣ ㄙㄚ — ㄊㄡ

※注意筆順，筆順對了，才會寫得正確又漂亮。

學了那麼多片假名，什麼時候才會用到片假名呢？有三種情況我們會使用或容易看到片假名：

- **日語中原來沒有的詞，是外來的詞語，可能是從英文、法文、德文、荷蘭文、韓文、中文等而來的。例如：アイスクリーム（冰淇淋）**
- **街上商店的招牌也常常用外來語。**
- **文章中想強調或是特殊用意時，會刻意將平假名改用片假名來表示，強調它的特殊性。**

有時片假名標示的外來語中會出現「ファ」「フィ」「チェ」「フォ」等和拗音很像的音，這是為什麼呢？其實這是日本人為了能更準確地拼出外國的語音，特別用小的「ァ」「ィ」「ェ」「ォ」以拗音的拼音方法拼出。唸唸看以下的單字，這樣類似拗音的拼音方式聽起來是不是更接近原來的外語呢！

傳真機　ファックス

義大利麵　スパゲッティ

礦泉水　ミネラルウォーター

飛碟　ユーフォー

我們常聽到「あ行」或「あ段」，這些指的是什麼呢？如果把假名排成下面的50音圖一樣，橫的第一排叫「段」，第一個橫排就是「あ段」；第二個橫排就是「い段」；直的一排叫「行」，第一個直排是「あ行」，第二個直排是「か行」，以此類推。

あ行↓

あ段→

あ	か	さ	た	な	は	ま	や	ら	わ	ん
い	き	し	ち	に	ひ	み		り		
う	く	す	つ	ぬ	ふ	む	ゆ	る		
え	け	せ	て	ね	へ	め		れ		
お	こ	そ	と	の	ほ	も	よ	ろ	を	

在句子中，要注意「は」和「へ」的發音變化。

★「は」在單字中是唸[ha]，但是用於句子裡的助詞時則其發音為[wa]。

例如：はし（橋）的「は」唸[ha]

私は学生です。(我是學生。)這個句子裡的「は」是助詞，要唸[wa]。

★「へ」在單字中是唸[he]，但是用於助詞時則其發音為[e]。

例如：へび（蛇）的「へ」唸[he]

どこへいきますか？(你要去哪裡?)這個句子裡的「へ」是助詞，要唸[e]。

041

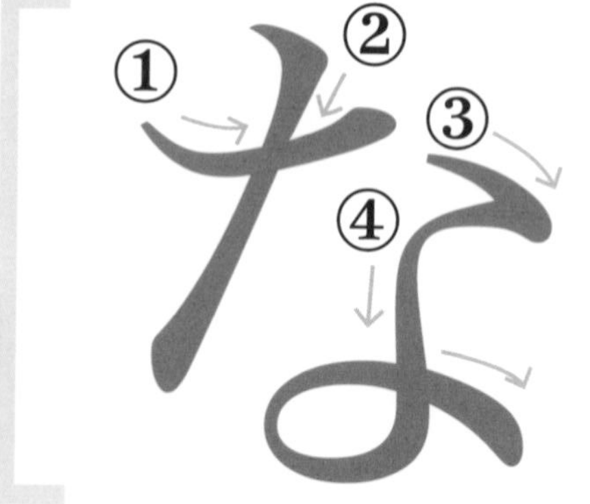

na

羅馬讀音

ㄅㄆㄇ讀音

是由漢字「奈」的草書演化來的。

奈 → 奈 → な

唸一唸

先聽聽CD怎麼唸，再自己唸看看，最後自己寫一遍，邊寫邊唸，就能加強記憶。

茄子	夏天	梨子
なす	なつ	なし
na su	na tsu	na shi
ㄋㄚ ㄙ	ㄋㄚ ㄗ	ㄋㄚ ㄒㄧ

※注意筆順，筆順對了，才會寫得正確又漂亮。

042

ㄋㄚ

ㄅㄆㄇ讀音

是由漢字「奈」字首兩劃演化來的。

先聽聽CD怎麼唸，再自己唸看看，最後自己寫一遍，邊寫邊唸，就能加強記憶。

刀子

ナイフ

na i fu

ㄋㄚ ㄧ ㄏㄨ

餐巾

ナプキン

na pu ki n

ㄋㄚ ㄆㄨ ㄎㄧ ㄣ

年終獎金

ボーナス

bo — na su

ㄅㄡ — ㄋㄚ ㄙ

寫一寫 ※注意筆順，筆順對了，才會寫得正確又漂亮。

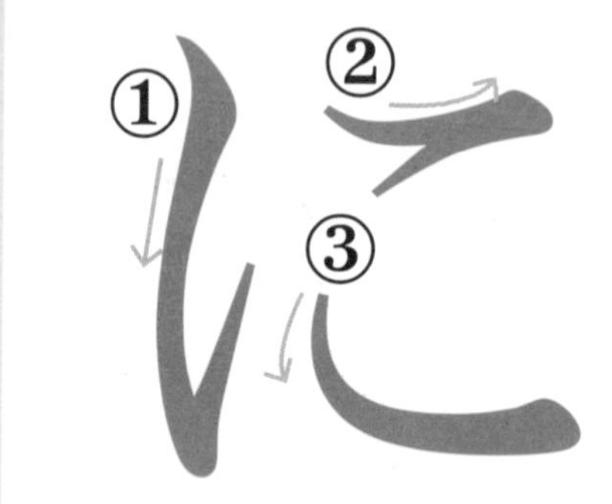

ni

羅馬讀音

ㄋㄧ

ㄅㄆㄇ讀音

是由漢字「仁」的草書演化來的。

仁 → 仁 → に

唸一唸

先聽聽CD怎麼唸，再自己唸看看，最後自己寫一遍，邊寫邊唸，就能加強記憶。

肉	行李	胡蘿蔔
にく	にもつ	にんじん
ni ku	ni mo tsu	ni n zi n
ㄋㄧ ㄎㄨ	ㄋㄧ ㄇㄡ ㄗ	ㄋㄧ ㄣ ㄐㄧ ㄣ

寫一寫 ※注意筆順，筆順對了，才會寫得正確又漂亮。

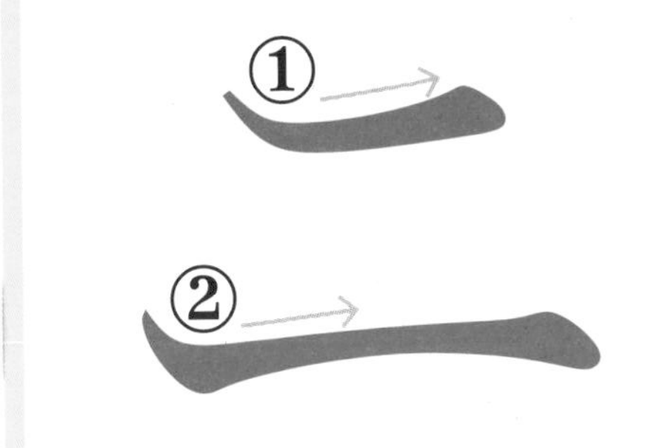

ni
羅馬讀音

ㄅㄆㄇ讀音

是由漢字「仁」的右半部演化來的。

仁 ➔ 仁 ➔ 二

先聽聽**CD**怎麼唸，再自己唸看看，最後自己寫一遍，邊寫邊唸，就能加強記憶。

針織的衣服	網球	洋蔥
ニット	テニス	オニオン
ni・to	te ni su	o ni o n
ㄋㄧ・ㄊㄛ	ㄊㄝ ㄋㄧ ㄙ	ㄡ ㄋㄧ ㄡ ㄣ

※注意筆順，筆順對了，才會寫得正確又漂亮。

あ行
か行
さ行
た行
な行
は行
ま行
や行
ら行
濁音
半濁音
拗音

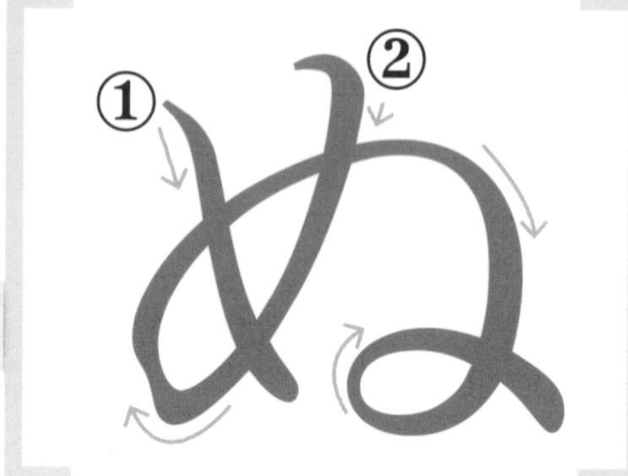

nu

羅馬讀音

ㄋㄨ

ㄅㄆㄇ讀音

字源速記法　是由漢字「奴」的草書演化來的。

奴 ➔ ぬ ➔ ぬ

唸一唸　先聽聽CD怎麼唸，再自己唸看看，最後自己寫一遍，邊寫邊唸，就能加強記憶。

小狗	去掉	布
いぬ	ぬき	ぬの
i nu	nu ki	nu no
一 ㄋㄨ	ㄋㄨ ㄎㄧ	ㄋㄨ ㄋㄡ

寫一寫　※注意筆順，筆順對了，才會寫得正確又漂亮。

046

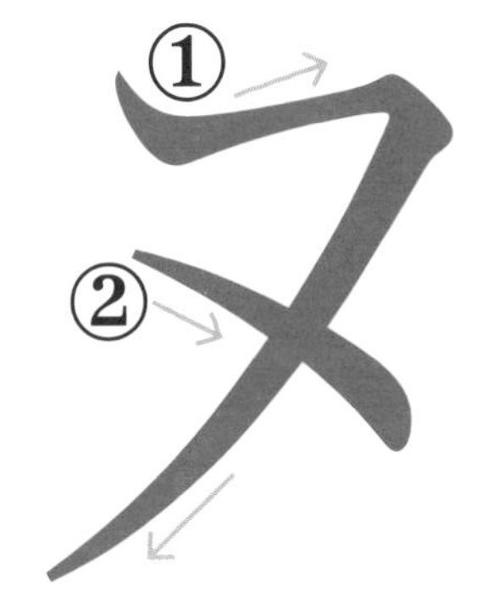

nu

羅馬讀音

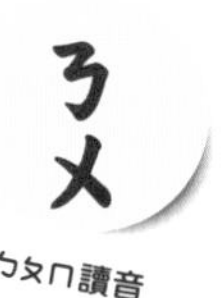

ㄋㄨ

ㄅㄆㄇ讀音

是由漢字「奴」的右半部演化來的。

奴 ➔ 奴 ➔ ヌ

先聽聽CD怎麼唸，再自己唸看看，最後自己寫一遍，邊寫邊唸，就能加強記憶。

麵條	裸體	當年產的紅酒
ヌードル	ヌード	ヌーボー
nu — do ru	nu — do	nu — bo —
ㄋㄨ — ㄉㄡ ㄌㄨ	ㄋㄨ — ㄉㄡ	ㄋㄨ — ㄅㄡ —

寫一寫

※注意筆順，筆順對了，才會寫得正確又漂亮。

平假名

あ行 か行 さ行 た行 な行 は行 ま行 や行 ら行 濁音 半濁音 拗音

047

ne
羅馬讀音

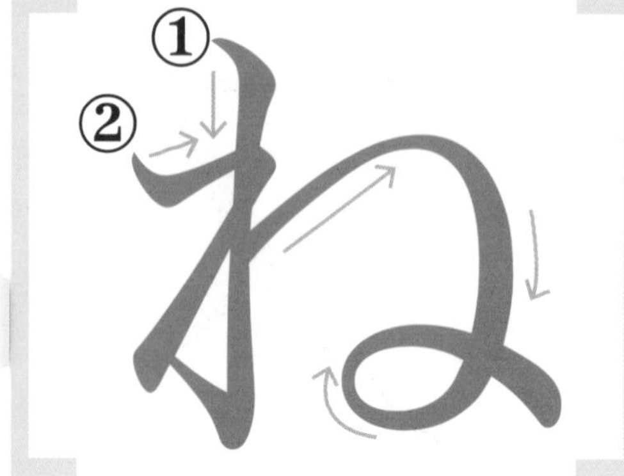

ㄅㄆㄇ讀音

是由漢字「祢」的草書演化來的。

祢 → ね

唸一唸

先聽聽**CD**怎麼唸，再自己唸看看，最後自己寫一遍，邊寫邊唸，就能加強記憶。

小貓	蔥	價錢
ねこ	ねぎ	ねだん
ne ko	ne gi	ne da n
ㄋㄟ ㄎㄡ	ㄋㄟ ㄍㄧ	ㄋㄟ ㄉㄚ ㄣ

寫一寫 ※注意筆順，筆順對了，才會寫得正確又漂亮。

048

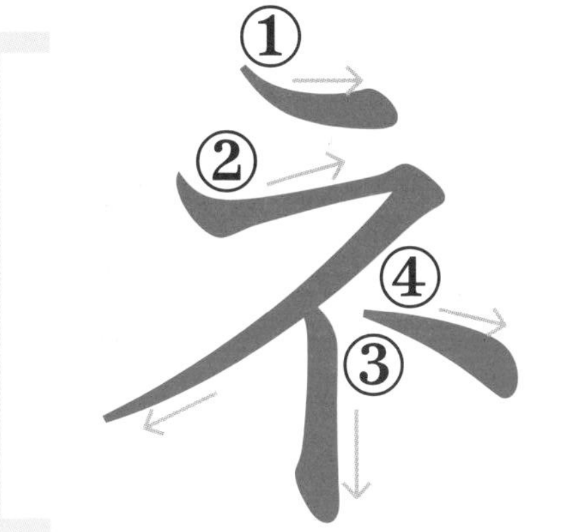

ne

羅馬讀音

ㄋㄟ

ㄅㄆㄇ讀音

是由漢字「祢」的偏旁演化來的。

祢 → 祢 → ネ

唸一唸

先聽聽CD怎麼唸，再自己唸看看，最後自己寫一遍，邊寫邊唸，就能加強記憶。

姓名	領帶	項鍊
ネーム	ネクタイ	ネックレス
ne — mu	ne ku ta i	ne • ku re su
ㄋㄟ — ㄇㄨ	ㄋㄟ ㄎㄨ ㄊㄚ 一	ㄋㄟ • ㄎㄨ ㄌㄟ ㄙ

※注意筆順，筆順對了，才會寫得正確又漂亮。

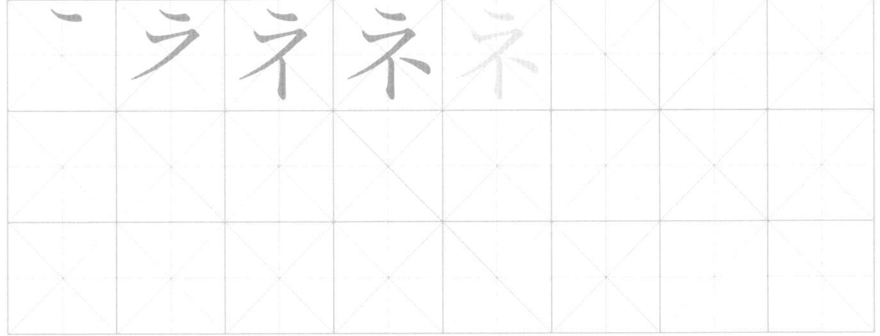

片假名

ア行 カ行 サ行 タ行 ナ行 ハ行 マ行 ヤ行 ラ行 ワ行 其他

の

no
羅馬讀音

ㄋㄡ
ㄅㄆㄇ讀音

是由漢字「乃」的草書演化來的。

乃 → 乃 → の

先聽聽CD怎麼唸，再自己唸看看，最後自己寫一遍，邊寫邊唸，就能加強記憶。

海苔	喉嚨	農夫
のり	のど	のうふ
no ri	no do	no — fu
ㄋㄡ ㄌㄧ	ㄋㄡ ㄉㄡ	ㄋㄡ — ㄏㄨ

※注意筆順，筆順對了，才會寫得正確又漂亮。

あ行 か行 さ行 た行 な行 は行 ま行 や行 ら行 濁音 半濁音 拗音

050

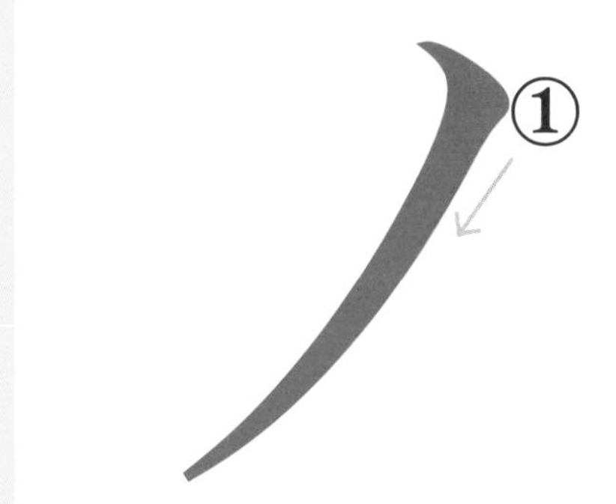

no
羅馬讀音

ㄋㄡ
ㄅㄆㄇ讀音

是由漢字「乃」的左半部演化來的。

乃 → 乃 → ノ

先聽聽CD怎麼唸，再自己唸看看，最後自己寫一遍，邊寫邊唸，就能加強記憶。

筆記	敲門	諾貝爾
ノート	ノック	ノーベル
no — to	no • ku	no — be ru
ㄋㄡ — ㄊㄡ	ㄋㄡ • ㄎㄨ	ㄋㄡ — ㄅㄟ ㄌㄨ

寫一寫 ※注意筆順，筆順對了，才會寫得正確又漂亮。

ha

羅馬讀音

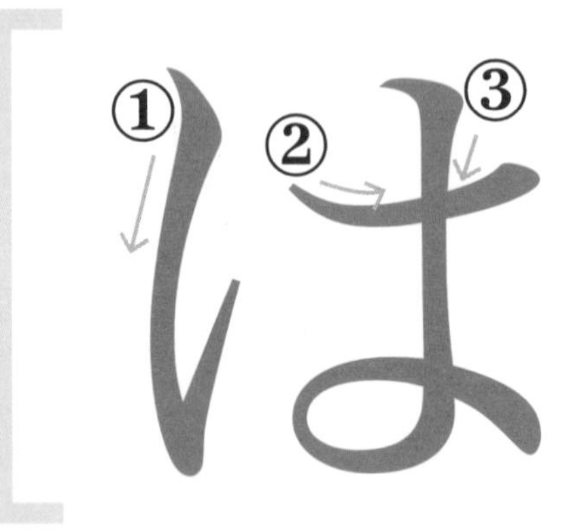

ㄏ
ㄚ

ㄅㄆㄇ讀音

是由漢字「波」的草書演化來的。

波 → 㳒 → は

唸一唸

先聽聽CD怎麼唸，再自己唸看看，最後自己寫一遍，邊寫邊唸，就能加強記憶。

花	春天	橋
はな	はる	はし
ha na	ha ru	ha shi
ㄏㄚ ㄋㄚ	ㄏㄚ ㄌㄨ	ㄏㄚ ㄒㄧ

※注意筆順，筆順對了，才會寫得正確又漂亮。

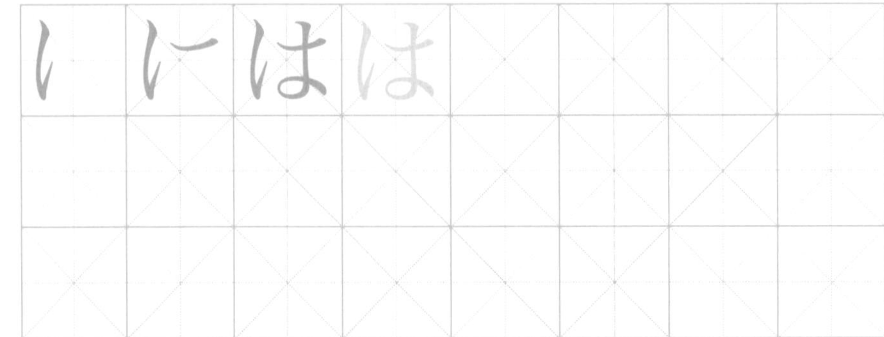

あ行 か行 さ行 た行 な行 は行 ま行 や行 ら行 濁音 半濁音 拗音

052

片假名

羅馬讀音

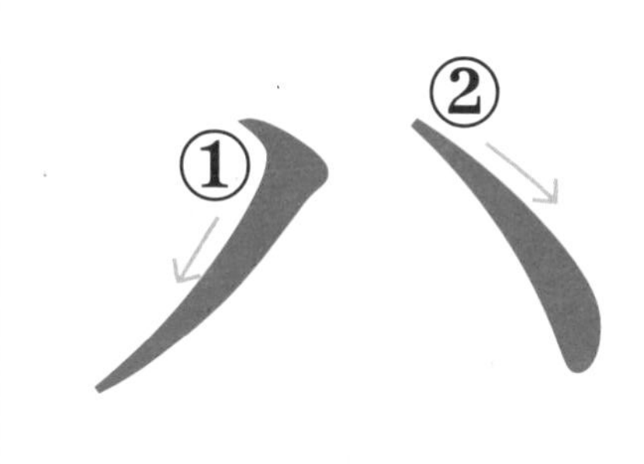

ㄅㄆㄇ讀音

是由漢字「八」的變形而來的。

八 → ハ → ハ

唸一唸 先聽聽CD怎麼唸，再自己唸看看，最後自己寫一遍，邊寫邊唸，就能加強記憶。

火腿	手帕	漢堡
ハム	ハンカチ	ハンバーガー
ha mu	ha n ka chi	ha n ba — ga —
ㄏㄚ ㄇㄨ	ㄏㄚ ㄣ ㄎㄚ ㄑㄧ	ㄏㄚ ㄣ ㄅㄚ — ㄍㄚ —

※注意筆順，筆順對了，才會寫得正確又漂亮。

ア行 カ行 サ行 タ行 ナ行 ハ行 マ行 ヤ行 ラ行 ワ行 其他

053

hi

羅馬讀音

ㄏㄧ

ㄅㄆㄇ讀音

是由漢字「比」的草書演化來的。

比 ➔ 𛁈 ➔ ひ

唸一唸

先聽聽**CD**怎麼唸，再自己唸看看，最後自己寫一遍，邊寫邊唸，就能加強記憶。

公主	鬍鬚	羊
ひめ	ひげ	ひつじ
hi me	hi ge	hi tsu ji
ㄏㄧ ㄇㄝ	ㄏㄧ ㄍㄝ	ㄏㄧ ㄘ ㄐㄧ

寫一寫 ※注意筆順，筆順對了，才會寫得正確又漂亮。

hi

羅馬讀音

ㄅㄆㄇ讀音

是由漢字「比」的右半部演化來的。

比 ➔ 比 ➔ ヒ

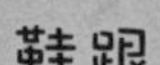

唸一唸

先聽聽CD怎麼唸，再自己唸看看，最後自己寫一遍，邊寫邊唸，就能加強記憶。

鞋跟	大成功	英雄
ヒール	ヒット	ヒーロー
hi — ru	hi • to	hi — ro —
ㄏㄧ — ㄌㄨ	ㄏㄧ • ㄊㄡ	ㄏㄧ — ㄌㄡ —

寫一寫

※注意筆順，筆順對了，才會寫得正確又漂亮。

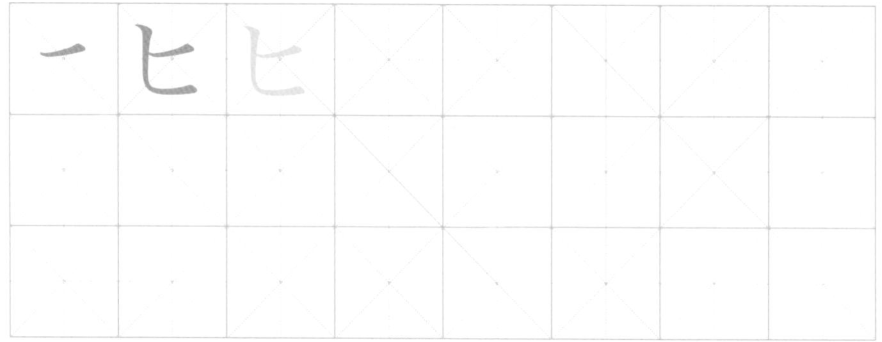

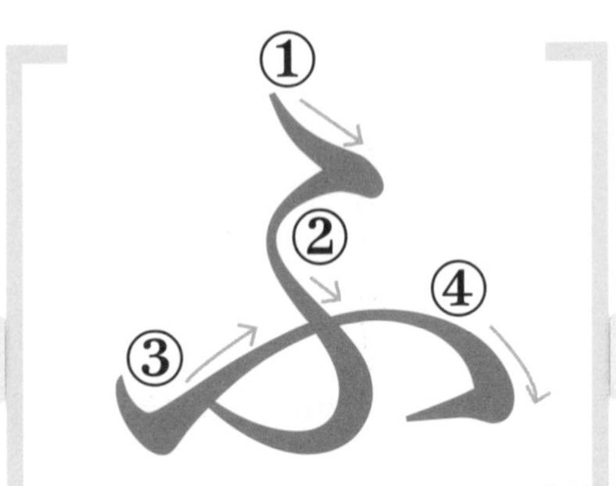

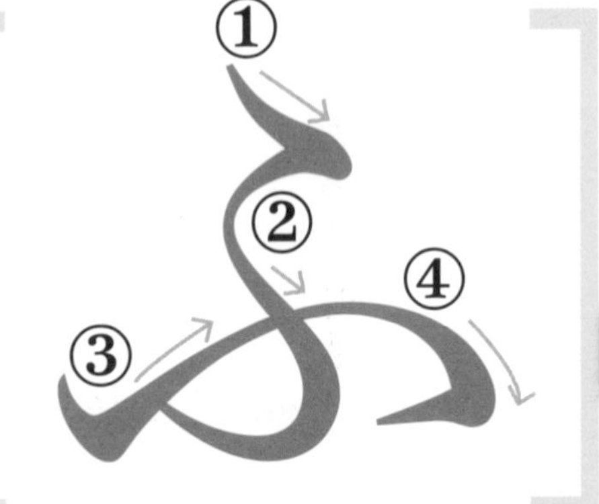

是由漢字「不」的草書演化來的。

不 ➔ 不 ➔ ふ

唸一唸

先聽聽CD怎麼唸，再自己唸看看，最後自己寫一遍，邊寫邊唸，就能加強記憶。

衣服	冬天	船
ふく	ふゆ	ふね
fu ku	fu yu	fu ne
ㄏㄨ ㄎㄨ	ㄏㄨ ㄧㄨ	ㄏㄨ ㄋㄟ

※注意筆順，筆順對了，才會寫得正確又漂亮。

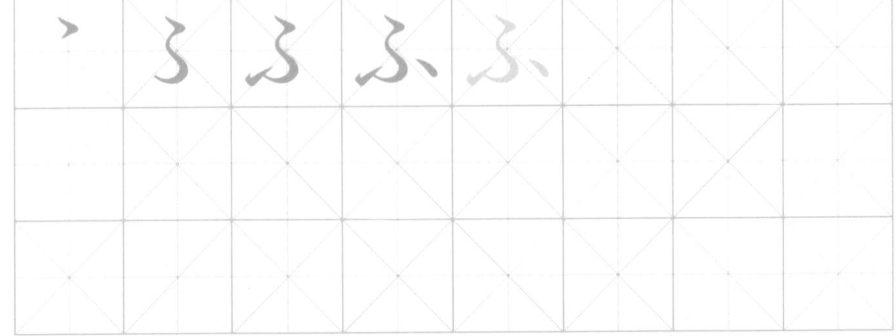

あ行 か行 さ行 た行 な行 は行 ま行 や行 ら行 濁音 半濁音 拗音

056

羅馬讀音

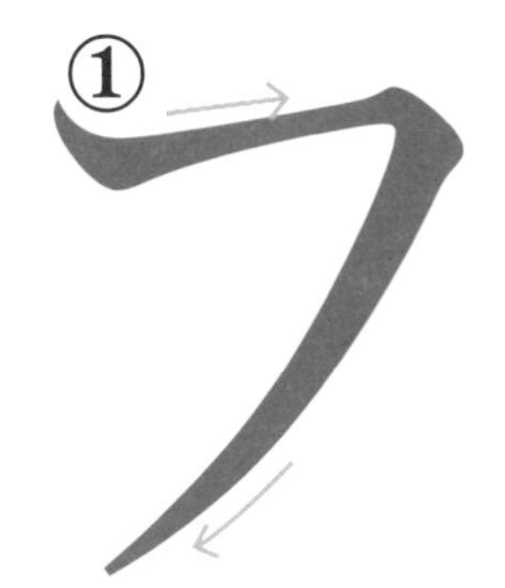

ㄅㄆㄇ讀音

是由漢字「不」的首兩劃演化來的。

不 → 不 → フ

唸一唸 先聽聽CD怎麼唸，再自己唸看看，最後自己寫一遍，邊寫邊唸，就能加強記憶。

水果	法國	自由
フルーツ	フランス	フリー
fu ru — tsu	fu ra n su	fu ri —
ㄏㄨ ㄌㄨ — ㄗ	ㄏㄨ ㄌㄚ ㄣ ㄙ	ㄏㄨ ㄌㄧ —

※注意筆順，筆順對了，才會寫得正確又漂亮。

057

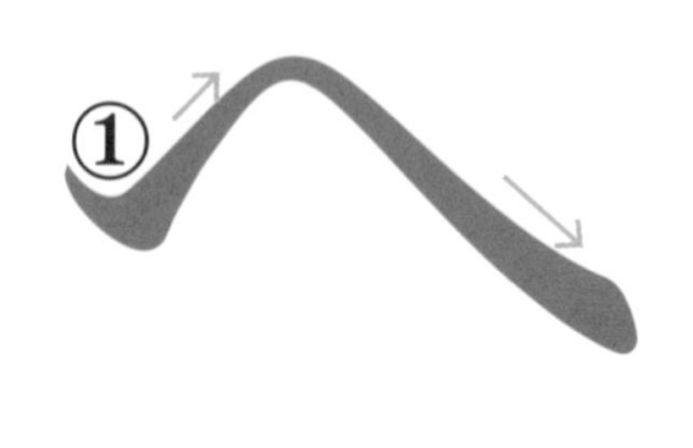

he

羅馬讀音

ㄅㄆㄇ讀音

是由漢字「部」草書的偏旁「阝」演化來的。

部 ➔ ➔ へ

唸一唸 先聽聽CD怎麼唸，再自己唸看看，最後自己寫一遍，邊寫邊唸，就能加強記憶。

蛇	肚臍	不擅長
へび	へそ	へた
he bi	he so	he ta
ㄏㄟ ㄅㄧ	ㄏㄟ ㄙㄛ	ㄏㄟ ㄊㄚ

寫一寫 ※注意筆順，筆順對了，才會寫得正確又漂亮。

058

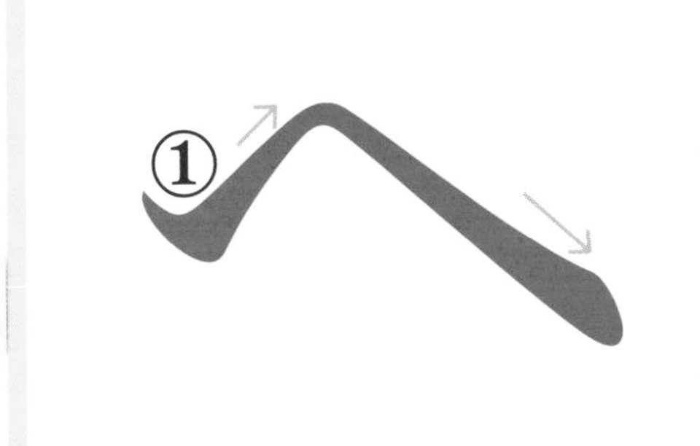

he

羅馬讀音

ㄏㄟ

ㄅㄆㄇ讀音

是由漢字「部」的偏旁「阝」演化來的。

部 ➔ 部 ➔ ヘ

先聽聽CD怎麼唸，再自己唸看看，最後自己寫一遍，邊寫邊唸，就能加強記憶。

頭髮	安全帽	直昇機
ヘア	ヘルメット	ヘリコプター
he a	he ru me・to	he ri ko pu ta —
ㄏㄟ ㄚ	ㄏㄟ ㄌㄨ ㄇㄟ・ㄊㄛ	ㄏㄟ ㄌㄧ ㄎㄡ ㄆㄨ ㄊㄚ —

寫一寫 ※注意筆順，筆順對了，才會寫得正確又漂亮。

ア行 カ行 サ行 タ行 ナ行 ハ行 マ行 ヤ行 ラ行 ワ行 其他

059

ho

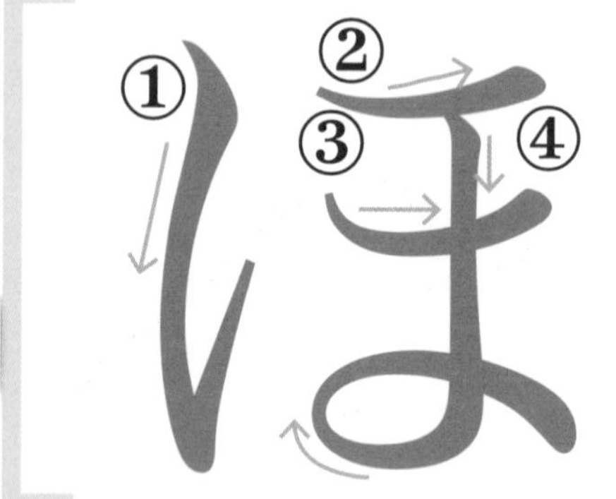

ㄏㄡ

羅馬讀音

ㄅㄆㄇ讀音

是由漢字「保」的草書演化來的。

保 → 𛂫 → ほ

唸一唸

先聽聽CD怎麼唸，再自己唸看看，最後自己寫一遍，邊寫邊唸，就能加強記憶。

星星	骨頭	書店
ほし	ほね	ほんや
ho shi	ho ne	ho n ya
ㄏㄡ ㄒㄧ	ㄏㄡ ㄋㄟ	ㄏㄡ ㄣ ㄧㄚ

※注意筆順，筆順對了，才會寫得正確又漂亮。

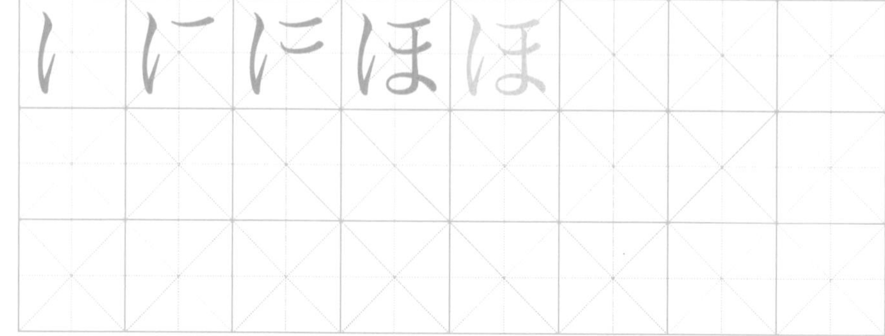

060

羅馬讀音

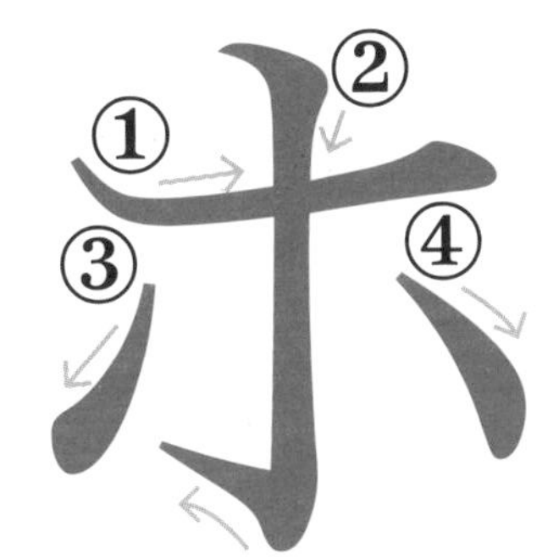

ㄅㄆㄇ讀音

是由漢字「保」的右下部分演化來的。

保 ➔ 保 ➔ ホ

先聽聽**CD**怎麼唸，再自己唸看看，最後自己寫一遍，邊寫邊唸，就能加強記憶。

飯店	會場	熱的
ホテル	ホール	ホット
ho te ru	ho — ru	ho • to
ㄏㄡ ㄊㄟ ㄌㄨ	ㄏㄡ — ㄌㄨ	ㄏㄡ • ㄊㄡ

※注意筆順，筆順對了，才會寫得正確又漂亮。

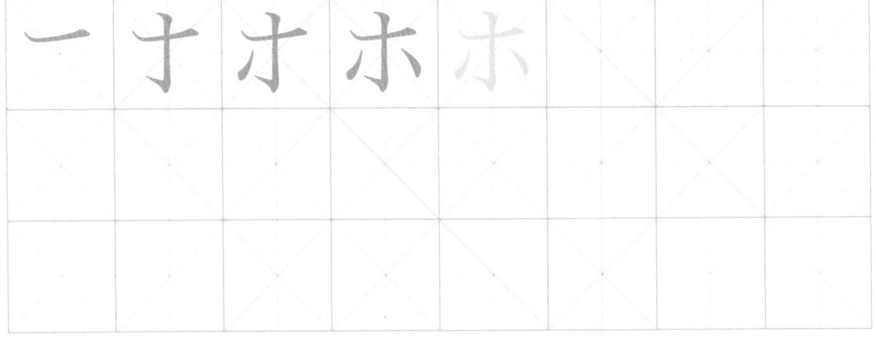

ま

①②③

ma
羅馬讀音

ㄇㄚ
ㄅㄆㄇ讀音

是由漢字「末」的草書演化來的。

末 → 𛁈 → ま

唸一唸 先聽聽CD怎麼唸，再自己唸看看，最後自己寫一遍，邊寫邊唸，就能加強記憶。

窗戶	圓的	迷路
まど	まるい	まいご
ma do	ma ru i	ma i go
ㄇㄚ ㄉㄡ	ㄇㄚ ㄌㄨ 一	ㄇㄚ 一 ㄍㄡ

※注意筆順，筆順對了，才會寫得正確又漂亮。

あ行 か行 さ行 た行 な行 は行 ま行 や行 ら行 濁音 半濁音 拗音

062

片假名

ma

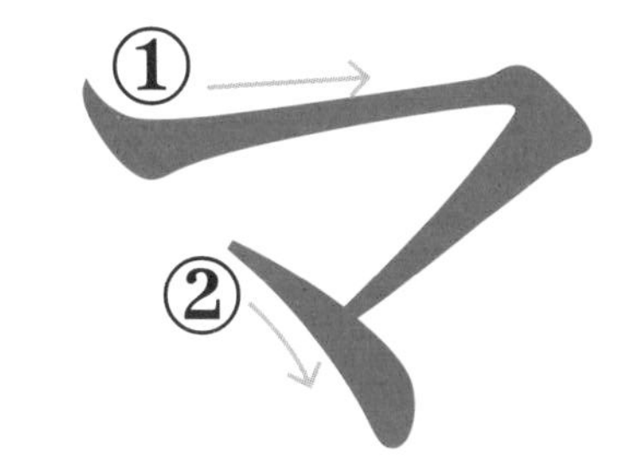

羅馬讀音

ㄅㄆㄇ讀音

是由漢字「萬」字的略體演化來的。

萬 ➔ 末 ➔ マ

唸一唸

先聽聽CD怎麼唸，再自己唸看看，最後自己寫一遍，邊寫邊唸，就能加強記憶。

馬拉松
マラソン
ma ra so n
ㄇㄚ ㄌㄚ ㄙㄡ ㄣ

睫毛膏
マスカラ
ma su ka ra
ㄇㄚ ㄙ ㄎㄚ ㄌㄚ

芒果
マンゴー
ma n go —
ㄇㄚ ㄣ ㄍㄡ —

※注意筆順，筆順對了，才會寫得正確又漂亮。

ア行 カ行 サ行 タ行 ナ行 ハ行 マ行 ヤ行 ラ行 ワ行 其他

063

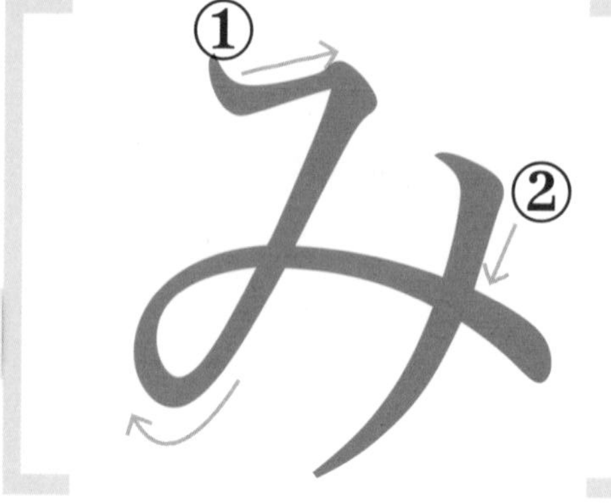

mi

羅馬讀音

ㄅㄆㄇ讀音

是由漢字「美」草書的下半部演化來的。

美 ➔ ➔ み

唸一唸

先聽聽CD怎麼唸，再自己唸看看，最後自己寫一遍，邊寫邊唸，就能加強記憶。

商店	道路	橘子
みせ	みち	みかん
mi se	mi chi	mi ka n
ㄇㄧ ㄙㄝ	ㄇㄧ ㄑㄧ	ㄇㄧ ㄎㄚ ㄣ

寫一寫 ※注意筆順，筆順對了，才會寫得正確又漂亮。

064

羅馬讀音

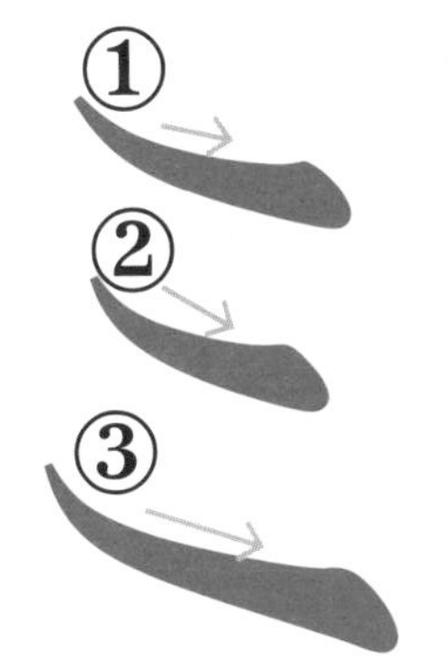

ㄅㄆㄇ讀音

是由漢字「三」的變形演化來的。

三 → 三 → ミ

唸一唸 先聽聽CD怎麼唸，再自己唸看看，最後自己寫一遍，邊寫邊唸，就能加強記憶。

牛奶	垃圾	縫紉機
ミルク	ゴミ	ミシン
mi ru ku	go mi	mi shi n
ㄇㄧ ㄌㄨ ㄎㄨ	ㄍㄡ ㄇㄧ	ㄇㄧ ㄒㄧ ㄣ

※注意筆順，筆順對了，才會寫得正確又漂亮。

片假名

ア行 カ行 サ行 タ行 ナ行 ハ行 マ行 ヤ行 ラ行 ワ行 其他

065

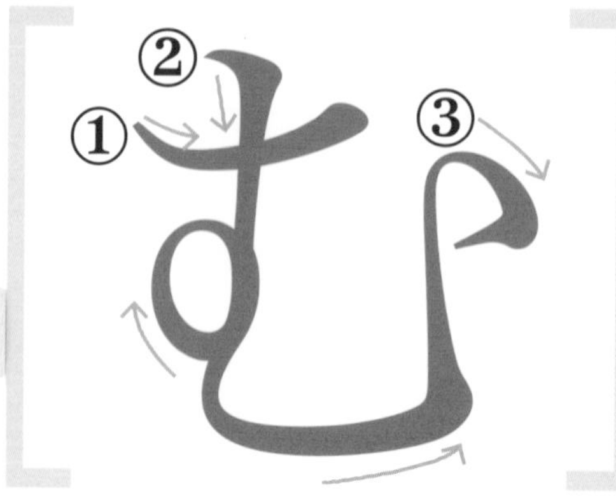

mu
羅馬讀音

ㄅㄆㄇ讀音

是由漢字「武」的草書演化來的。

武 → む → む

念一念

先聽聽CD怎麼唸，再自己唸看看，最後自己寫一遍，邊寫邊唸，就能加強記憶。

白費	蛀牙	女兒
むだ	むしば	むすめ
mu da	mu shi ba	mu su me
ㄇㄨ ㄉㄚ	ㄇㄨ ㄒㄧ ㄅㄚ	ㄇㄨ ㄙㄨ ㄇㄟ

※注意筆順，筆順對了，才會寫得正確又漂亮。

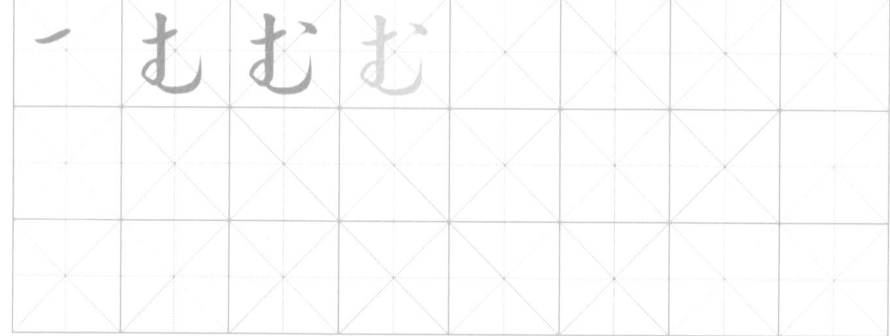

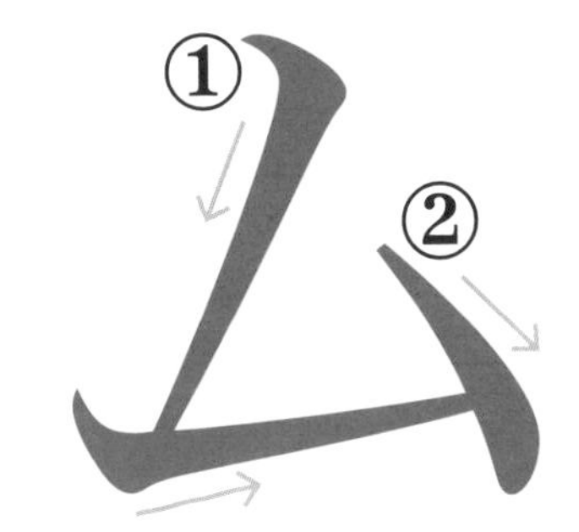

是由漢字「牟」的上半部演化來的。

牟 → 牟 → ム

先聽聽CD怎麼唸，再自己唸看看，最後自己寫一遍，邊寫邊唸，就能加強記憶。

隊伍	電影	蛋包飯
チーム	ムービー	オムライス
chi — mu	mu — bi —	o mu ra i su
ㄑㄧ — ㄇㄨ	ㄇㄨ — ㄅㄧ —	ㄡ ㄇㄨ ㄌㄚ ㄧ ㄙ

寫一寫 ※注意筆順，筆順對了，才會寫得正確又漂亮。

067

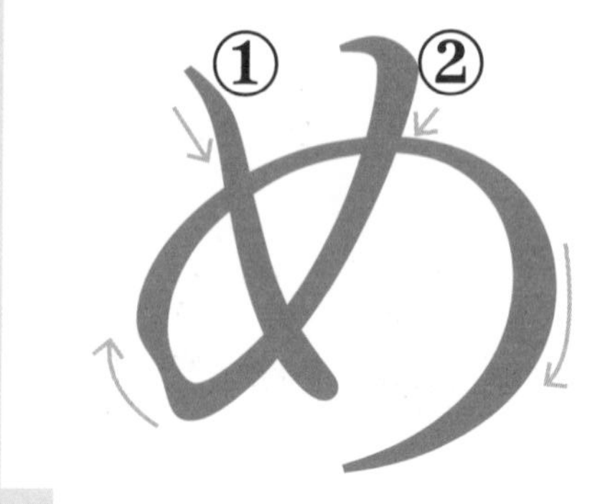

me

羅馬讀音

ㄅㄆㄇ讀音

是由漢字「女」的草書演化來的。

女 → め → め

唸一唸

先聽聽CD怎麼唸，再自己唸看看，最後自己寫一遍，邊寫邊唸，就能加強記憶。

眼睛
め
me
ㄇㄟ

雨
あめ
a me
ㄚ ㄇㄟ

名片
めいし
me — shi
ㄇㄟ — ㄒㄧ

※注意筆順，筆順對了，才會寫得正確又漂亮。

068

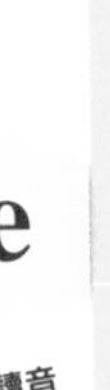
me
羅馬讀音

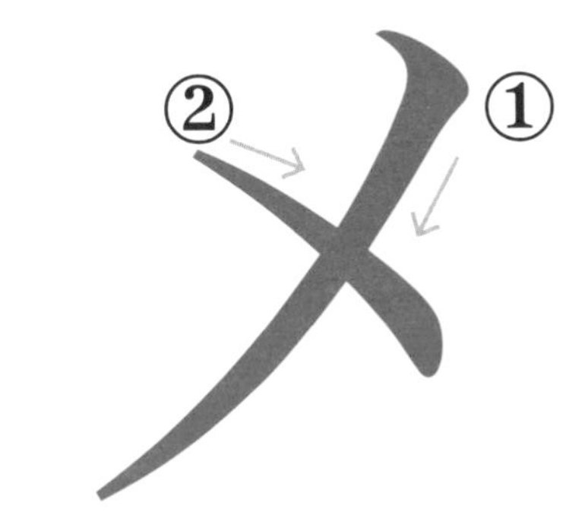

ㄇㄟ
ㄅㄆㄇ讀音

是由漢字「女」的下半部演化來的。

女 ➔ 女 ➔ メ

唸一唸 先聽聽CD怎麼唸，再自己唸看看，最後自己寫一遍，邊寫邊唸，就能加強記憶。

郵件	香瓜	菜單
メール	メロン	メニュー
me — ru	me ro n	me nyu —
ㄇㄟ — ㄌㄨ	ㄇㄟ ㄌㄡ ㄣ	ㄇㄟ ㄋㄧㄡ —

※注意筆順，筆順對了，才會寫得正確又漂亮。

mo

羅馬讀音

ㄇㄡ

ㄅㄆㄇ讀音

是由漢字「毛」的草書演化來的。

毛 ➔ 毛 ➔ も

唸一唸 先聽聽CD怎麼唸，再自己唸看看，最後自己寫一遍，邊寫邊唸，就能加強記憶。

桃子	楓葉	問題
もも	もみじ	もんだい
mo mo	mo mi ji	mo n da i
ㄇㄡ ㄇㄡ	ㄇㄡ ㄇㄧ ㄐㄧ	ㄇㄡ ㄣ ㄉㄚ ㄧ

寫一寫 ※注意筆順，筆順對了，才會寫得正確又漂亮。

070

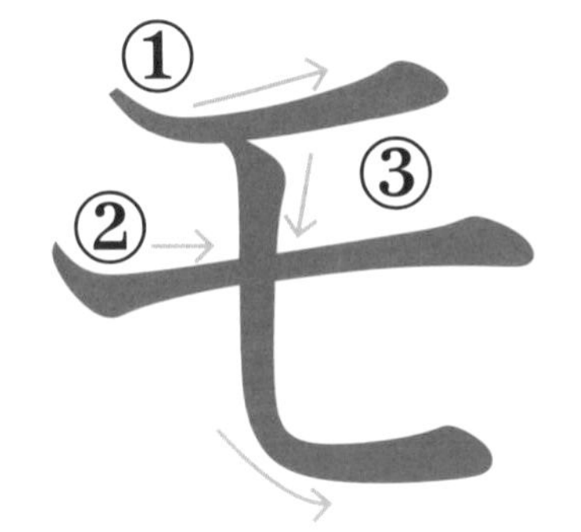

mo
羅馬讀音

ㄇㄡ
ㄅㄆㄇㄈ讀音

字源速記法

是由漢字「毛」字的下半部演化來的。

毛 → 毛 → モ

唸一唸

先聽聽**CD**怎麼唸，再自己唸看看，最後自己寫一遍，邊寫邊唸，就能加強記憶。

便條紙
メモ
me mo
ㄇㄟ ㄇㄡ

模特兒
モデル
mo de ru
ㄇㄡ ㄉㄟ ㄌㄨ

馬達
モーター
mo — ta —
ㄇㄡ — ㄊㄚ —

寫一寫

※注意筆順，筆順對了，才會寫得正確又漂亮。

071

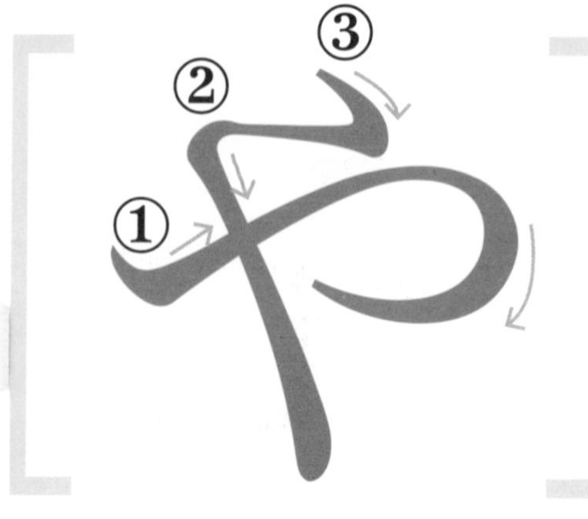

ya

羅馬讀音

ㄅㄆㄇ讀音

是由漢字「也」的草書演化來的。

也 → 也 → や

唸一唸

先聽聽CD怎麼唸，再自己唸看看，最後自己寫一遍，邊寫邊唸，就能加強記憶。

山	房租	蔬菜
やま	やちん	やさい
ya ma	ya chi n	ya sa i
ㄧㄚ ㄇㄚ	ㄧㄚ ㄑㄧ ㄣ	ㄧㄚ ㄙㄚ ㄧ

※注意筆順，筆順對了，才會寫得正確又漂亮。

072

ya

羅馬讀音

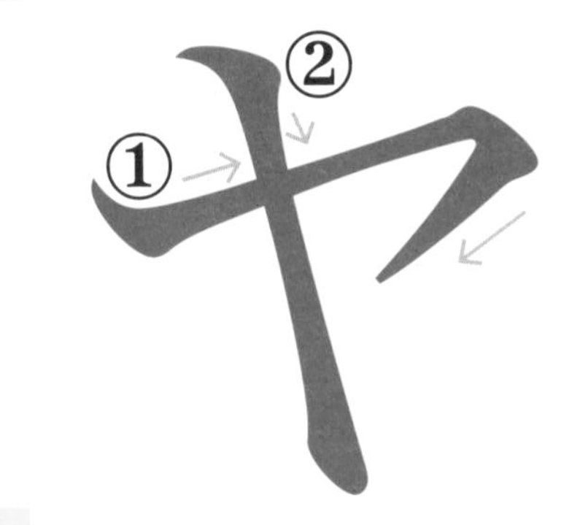

ㄧㄚ

ㄅㄆㄇ讀音

是由漢字「也」的部分變形演化來的。

也 → 也 → ヤ

唸一唸 先聽聽**CD**怎麼唸，再自己唸看看，最後自己寫一遍，邊寫邊唸，就能加強記憶。

椰子	碼（單位）	輪胎
ヤシ	ヤード	タイヤ
ya shi	ya — do	ta i ya
ㄧㄚ ㄒㄧ	ㄧㄚ — ㄉㄡ	ㄊㄚ ㄧ ㄧㄚ

※注意筆順，筆順對了，才會寫得正確又漂亮。

ㄱ ヤ ヤ

ア行 カ行 サ行 タ行 ナ行 ハ行 マ行 ヤ行 ラ行 ワ行 其他

073

yu
羅馬讀音

ㄅㄆㄇ讀音

是由漢字「由」的草書演化來的。

由 → 由 → ゆ

唸一唸

先聽聽CD怎麼唸，再自己唸看看，最後自己寫一遍，邊寫邊唸，就能加強記憶。

雪	夢	昨晚
ゆき	ゆめ	ゆうべ
yu ki	yu me	yu — be
ㄧㄨ ㄎㄧ	ㄧㄨ ㄇㄟ	ㄧㄨ — ㄅㄟ

寫一寫 ※注意筆順，筆順對了，才會寫得正確又漂亮。

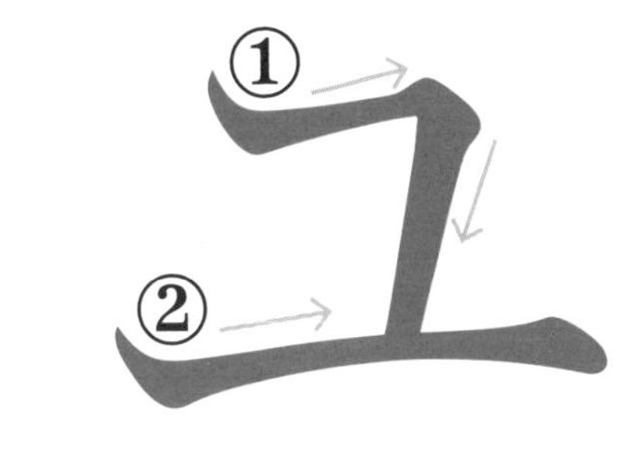

yu
羅馬讀音

ㄅㄆㄇ讀音

是由漢字「由」的下半部演化來的。

由 → 由 → ユ

唸一唸

先聽聽CD怎麼唸，再自己唸看看，最後自己寫一遍，邊寫邊唸，就能加強記憶。

柚子	幽默	回轉
ユズ	ユーモア	ユーターン
yu zu	yu — mo a	yu — ta — n
ㄧㄨ ㄗㄨ	ㄧㄨ — ㄇㄡ ㄚ	ㄧㄨ — ㄊㄚ — ㄣ

※注意筆順，筆順對了，才會寫得正確又漂亮。

yo

羅馬讀音

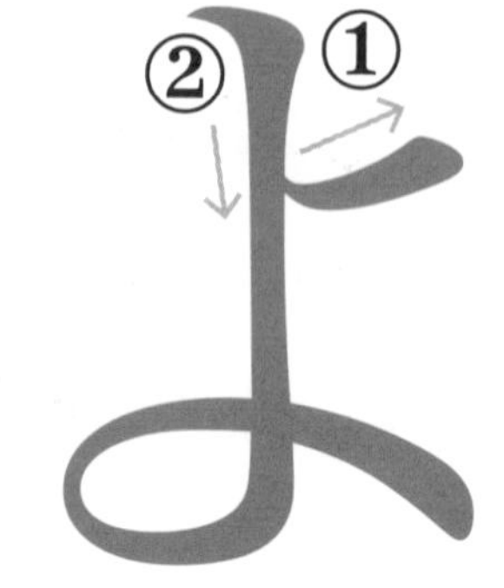

ㄧㄡ

ㄅㄆㄇ讀音

是由漢字「与」的草書演化來的。

与 ➔ よ ➔ よ

念一念

先聽聽**CD**怎麼唸，再自己唸看看，最後自己寫一遍，邊寫邊唸，就能加強記憶。

晚上	多餘	事情
よる	よけい	ようじ
yo ru	yo ke —	yo — ji
ㄧㄡ ㄌㄨ	ㄧㄡ ㄎㄟ —	ㄧㄡ — ㄐㄧ

※注意筆順，筆順對了，才會寫得正確又漂亮。

076

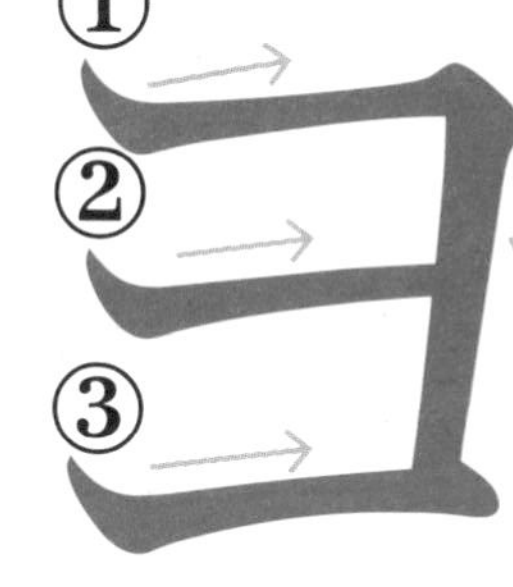

羅馬讀音

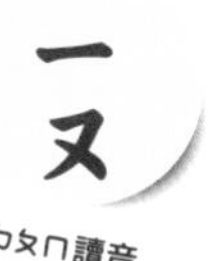

ㄅㄆㄇ讀音

是由漢字「與」的部分演化來的。

與 → 與 → ヨ

先聽聽CD怎麼唸，再自己唸看看，最後自己寫一遍，邊寫邊唸，就能加強記憶。

瑜珈	優格	歐洲
ヨガ	ヨーグルト	ヨーロッパ
yo ga	yo — gu ru to	yo — ro • pa
ㄧㄡ ㄍㄚ	ㄧㄡ — ㄍㄨ ㄌㄨ ㄊㄡ	ㄧㄡ — ㄌㄡ • ㄆㄚ

※注意筆順，筆順對了，才會寫得正確又漂亮。

077

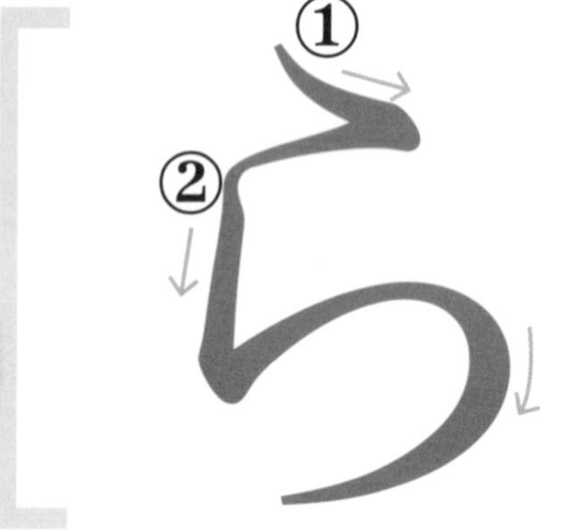

ra

羅馬讀音

ㄌㄚ

ㄅㄆㄇ讀音

是由漢字「良」的草書演化來的。

良 ➔ ら ➔ ら

唸一唸

先聽聽CD怎麼唸，再自己唸看看，最後自己寫一遍，邊寫邊唸，就能加強記憶。

舒服	明年	駱駝
らく	らいねん	らくだ
ra ku	ra i ne n	ra ku da
ㄌㄚ ㄎㄨ	ㄌㄚ ㄧ ㄋㄟ ㄣ	ㄌㄚ ㄎㄨ ㄉㄚ

※注意筆順，筆順對了，才會寫得正確又漂亮。

あ行 か行 さ行 た行 な行 は行 ま行 や行 ら行 濁音 半濁音 拗音

片假名

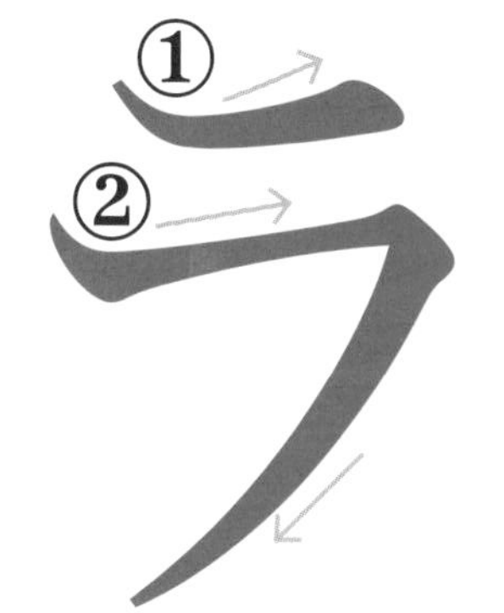

ra
羅馬讀音

是由漢字「良」字的首兩劃演化來的。

良 ➔ 良 ➔ ラ

唸一唸

先聽聽CD怎麼唸，再自己唸看看，最後自己寫一遍，邊寫邊唸，就能加強記憶。

收音機	拉麵	獅子
ラジオ	ラーメン	ライオン
ra ji o	ra — me n	ra i o n
ㄌㄚ ㄐㄧ ㄡ	ㄌㄚ — ㄇㄝ ㄣ	ㄌㄚ ㄧ ㄡ ㄣ

※注意筆順，筆順對了，才會寫得正確又漂亮。

ア行 カ行 サ行 タ行 ナ行 ハ行 マ行 ヤ行 ラ行 ワ行 其他

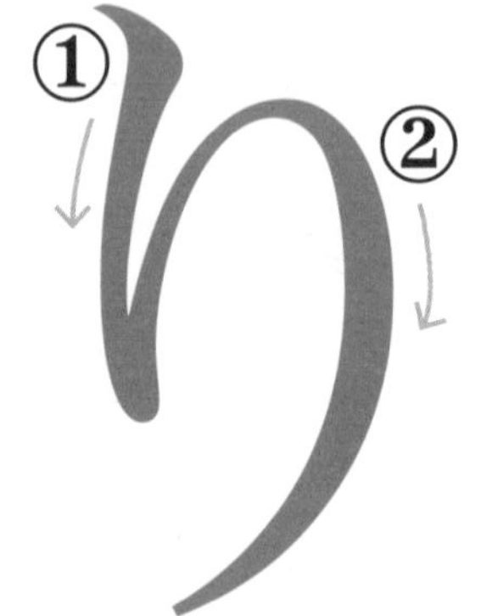

ri

羅馬讀音

ㄌㄧ

ㄅㄆㄇ讀音

是由漢字「利」的草書演化來的。

利 → 利 → り

唸一唸 先聽聽**CD**怎麼唸，再自己唸看看，最後自己寫一遍，邊寫邊唸，就能加強記憶。

理想	理由	蘋果
りそう	りゆう	りんご
ri so —	ri yu —	ri n go
ㄌㄧ ㄙㄡ —	ㄌㄧ ㄧㄨ —	ㄌㄧ ㄣ ㄍㄡ

寫一寫 ※注意筆順，筆順對了，才會寫得正確又漂亮。

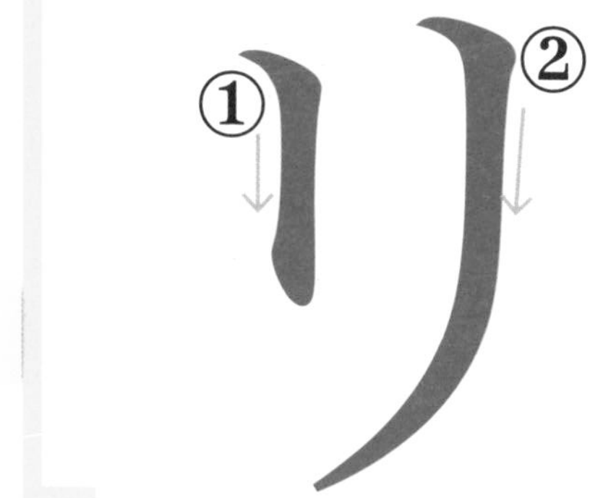

ri

羅馬讀音

ㄅㄆㄇ讀音

是由漢字「利」的偏旁演化來的。

利 ➔ 利 ➔ リ

先聽聽CD怎麼唸，再自己唸看看，最後自己寫一遍，邊寫邊唸，就能加強記憶。

報告	遙控器	聖誕節
リポート	リモコン	クリスマス
ri po — to	ri mo ko n	ku ri su ma su
ㄌㄧ ㄆㄡ — ㄊㄡ	ㄌㄧ ㄇㄡ ㄎㄡ ㄣ	ㄎㄨ ㄌㄧ ㄙ ㄇㄚ ㄙㄨ

寫一寫 ※注意筆順，筆順對了，才會寫得正確又漂亮。

081

ru
羅馬讀音

ㄌㄨ
ㄅㄆㄇ讀音

是由漢字「留」字的草書演化來的。

留 ➔ 𛀙 ➔ る

唸一唸

先聽聽CD怎麼唸，再自己唸看看，最後自己寫一遍，邊寫邊唸，就能加強記憶。

穿	不倒翁	青蛙
きる	だるま	かえる
ki ru	da ru ma	ka e ru
ㄎㄧ ㄌㄨ	ㄉㄚ ㄌㄨ ㄇㄚ	ㄎㄚ ㄝ ㄌㄨ

寫一寫

※注意筆順，筆順對了，才會寫得正確又漂亮。

082

ru

羅馬讀音

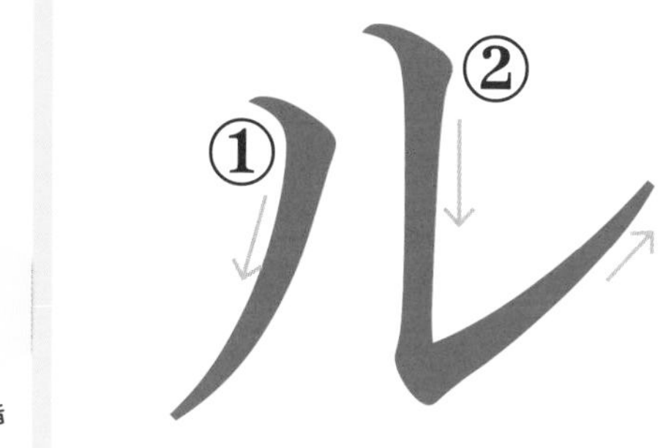

ㄅㄆㄇ讀音

是由漢字「流」的右下部分演化來的。

流 → 流 → ル

先聽聽CD怎麼唸，再自己唸看看，最後自己寫一遍，邊寫邊唸，就能加強記憶。

啤酒

ビール

bi — ru

ㄅㄧ — ㄌㄨ

房間

ルーム

ru — mu

ㄌㄨ — ㄇㄨ

情侶

カップル

ka • pu ru

ㄎㄚ • ㄆㄨ ㄌㄨ

※注意筆順，筆順對了，才會寫得正確又漂亮。

あ行 か行 さ行 た行 な行 は行 ま行 や行 ら行 濁音 半濁音 拗音

re

羅馬讀音

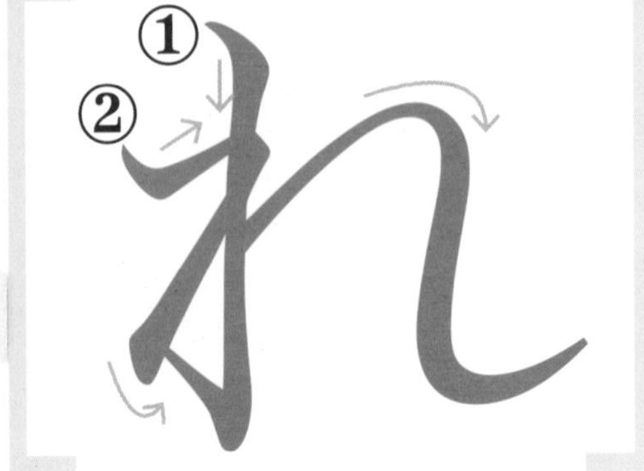

ㄅㄆㄇ讀音

是由漢字「礼」的草書演化來的。

礼 → 礼 → れ

先聽聽CD怎麼唸，再自己唸看看，最後自己寫一遍，邊寫邊唸，就能加強記憶。

零下	聯絡	冰箱
れいか	れんらく	れいぞうこ
re — ka	re n ra ku	re — zo — ko
ㄌㄟ — ㄎㄚ	ㄌㄟ ㄣ ㄌㄚ ㄎㄨ	ㄌㄟ — ㄗㄡ — ㄎㄡ

寫一寫 ※注意筆順，筆順對了，才會寫得正確又漂亮。

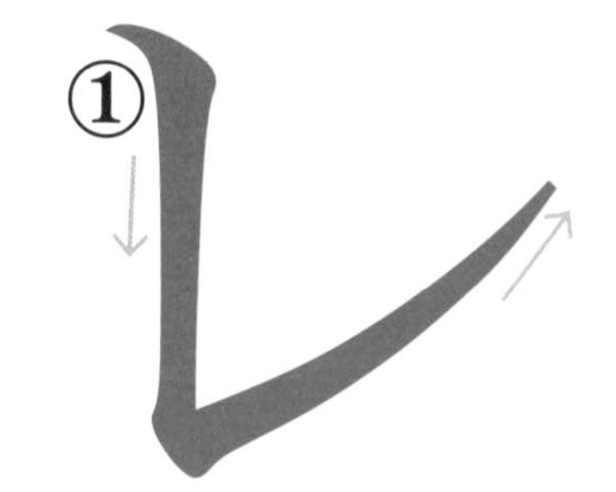

是由漢字「礼」的右半部演化來的。

礼 ➔ 礼 ➔ レ

唸一唸 先聽聽**CD**怎麼唸，再自己唸看看，最後自己寫一遍，邊寫邊唸，就能加強記憶。

檸檬	咖哩	餐廳
レモン	カレー	レストラン
re mo n	ka re —	re su to ra n
ㄌㄟ ㄇㄡ ㄣ	ㄎㄚ ㄌㄟ —	ㄌㄟ ㄙ ㄊㄡ ㄌㄚ ㄣ

※注意筆順，筆順對了，才會寫得正確又漂亮。

085

字源速記法 是由漢字「呂」的草書演化來的。

呂 ➔ ろ ➔ ろ

唸一唸 先聽聽CD怎麼唸，再自己唸看看，最後自己寫一遍，邊寫邊唸，就能加強記憶。

六
ろく
ro ku
ㄌㄡ ㄎㄨ

走廊
ろうか
ro — ka
ㄌㄡ — ㄎㄚ

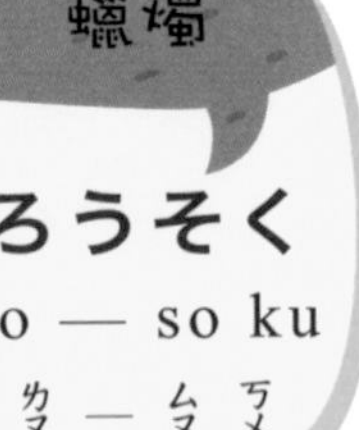

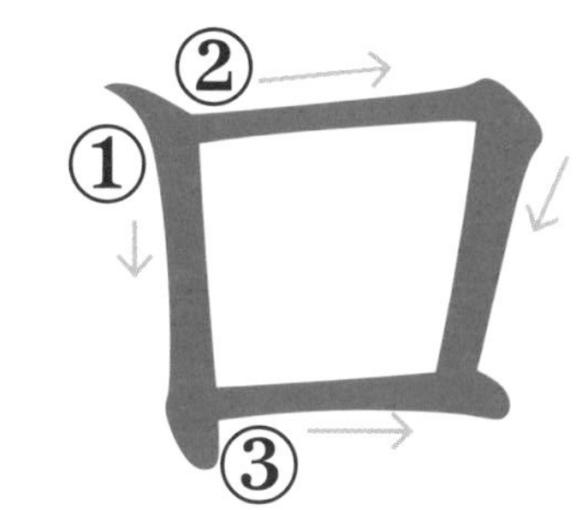

ro

羅馬讀音

ㄌㄡ

ㄅㄆㄇ讀音

是由漢字「呂」的部分演化來的。

先聽聽CD怎麼唸，再自己唸看看，最後自己寫一遍，邊寫邊唸，就能加強記憶。

羅馬	貸款	火箭
ローマ	ローン	ロケット
ro — ma	ro — n	ro ke • to
ㄌㄡ — ㄇㄚ	ㄌㄡ — ㄣ	ㄌㄡ ㄎㄟ • ㄊㄡ

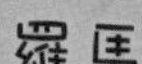

※注意筆順，筆順對了，才會寫得正確又漂亮。

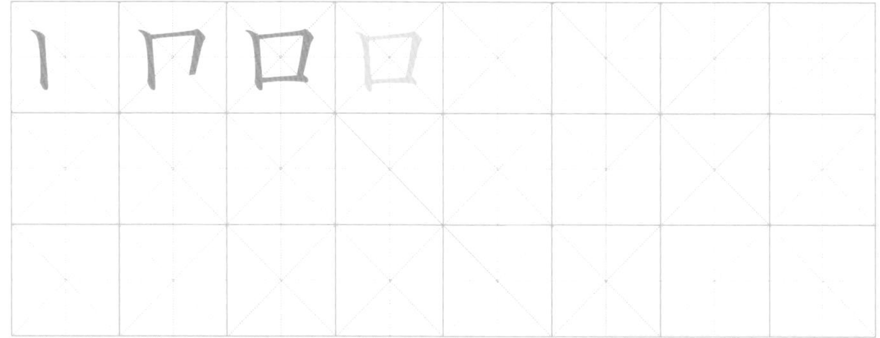

わ

wa
羅馬讀音

ㄅㄆㄇ讀音

是由漢字「和」的草書演化來的。

和 → 和 → わ

唸一唸 先聽聽CD怎麼唸，再自己唸看看，最後自己寫一遍，邊寫邊唸，就能加強記憶。

鱷魚	山葵	戒指
わに	わさび	ゆびわ
wa ni	wa sa bi	yu bi wa
ㄨㄚ ㄋㄧ	ㄨㄚ ㄙㄚ ㄅㄧ	ㄧㄨ ㄅㄧ ㄨㄚ

※注意筆順，筆順對了，才會寫得正確又漂亮。

088

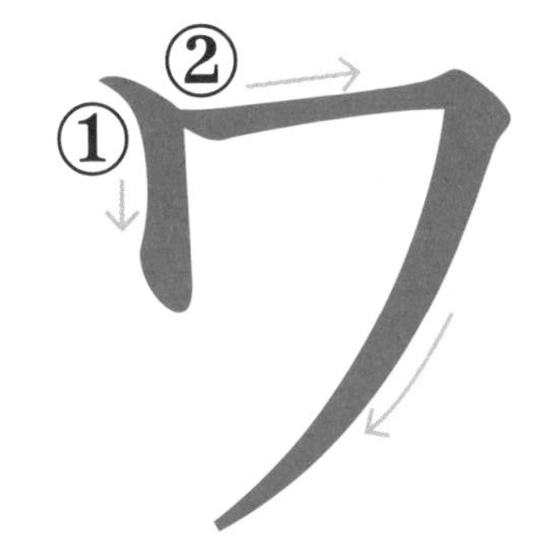

wa

羅馬讀音

ㄨㄚ

ㄅㄆㄇ讀音

是由漢字「和」的部分演化來的。

和 → 和 → ワ

唸一唸

先聽聽CD怎麼唸，再自己唸看看，最後自己寫一遍，邊寫邊唸，就能加強記憶。

葡萄酒	寬的	洋裝
ワイン	ワイド	ワンピース
wa i n	wa i do	wa n pi — su
ㄨㄚ ㄧ ㄣ	ㄨㄚ ㄧ ㄉㄡ	ㄨㄚ ㄣ ㄆㄧ — ㄙ

※注意筆順，筆順對了，才會寫得正確又漂亮。

ア行 カ行 サ行 タ行 ナ行 ハ行 マ行 ヤ行 ラ行 ワ行 其他

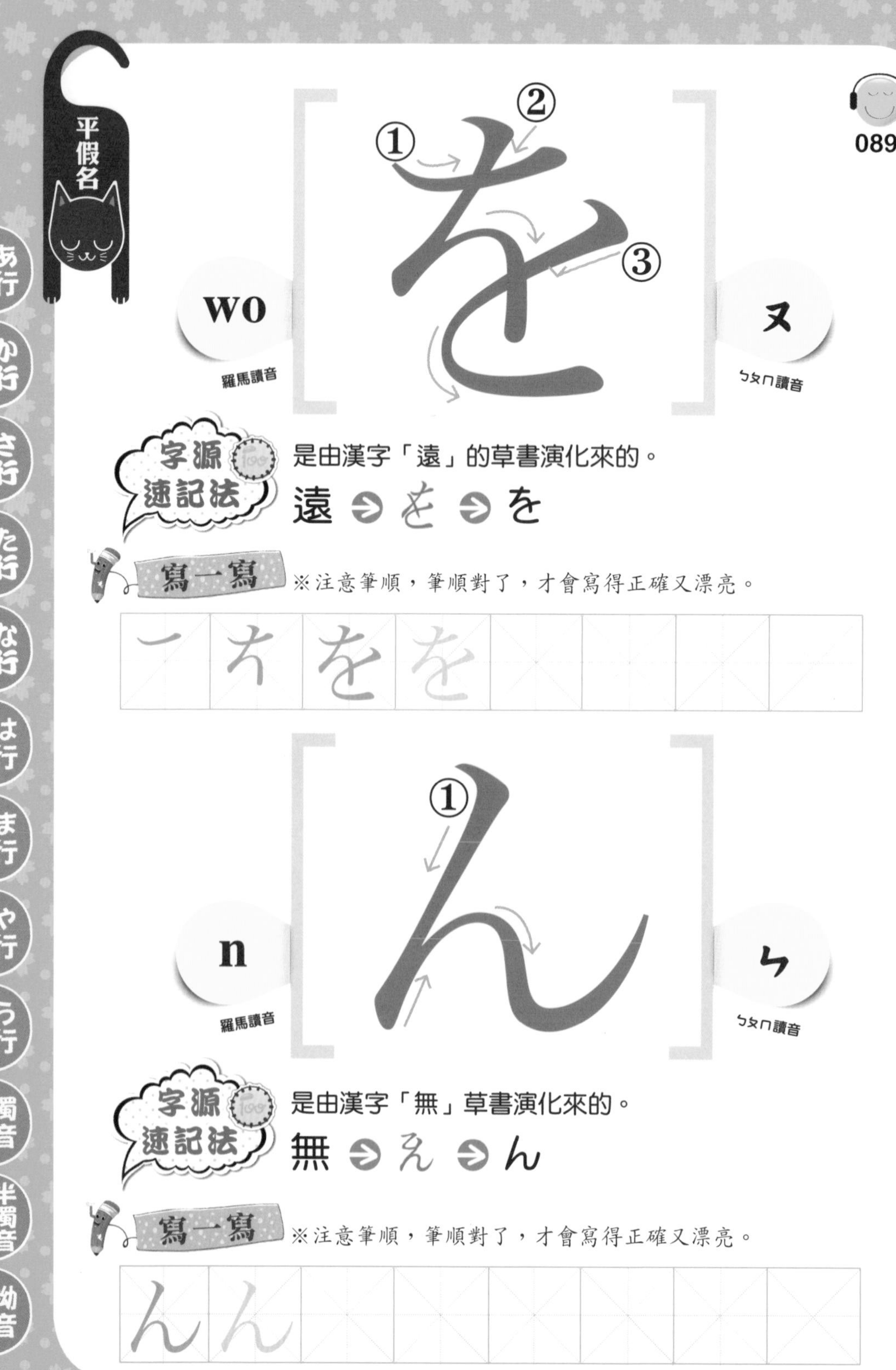
平假名
あ行
か行
さ行
た行
な行
は行
ま行
や行
ら行
濁音
半濁音
拗音
089
①
②
③
を
wo
羅馬讀音
ㄡ
ㄅㄆㄇ讀音
字源速記法
是由漢字「遠」的草書演化來的。
遠 ➔ を ➔ を
寫一寫
※注意筆順，筆順對了，才會寫得正確又漂亮。
①
ん
n
羅馬讀音
ㄣ
ㄅㄆㄇ讀音
字源速記法
是由漢字「無」草書演化來的。
無 ➔ ん ➔ ん
寫一寫
※注意筆順，筆順對了，才會寫得正確又漂亮。

090

ヲ

①②

wo
羅馬讀音

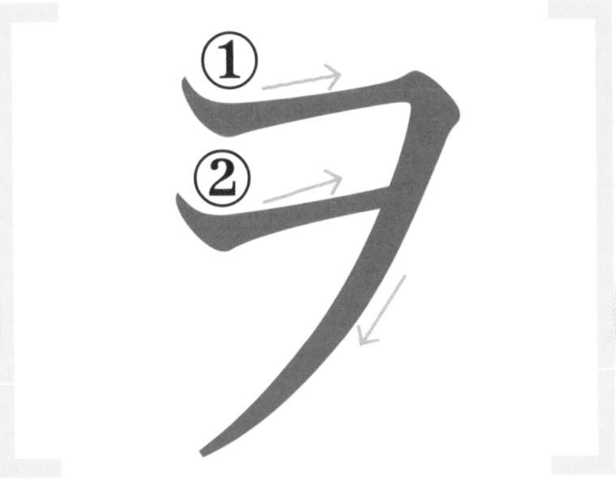

ㄡ
ㄅㄆㄇ讀音

字源速記法 是由漢字「乎」的草書演化來的。

乎 ➔ 乎 ➔ ヲ

寫一寫 ※注意筆順，筆順對了，才會寫得正確又漂亮。

フ ヲ ヲ

ン

①②

n
羅馬讀音

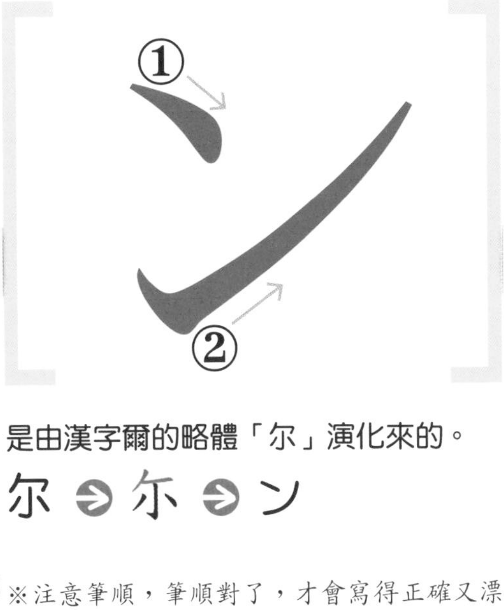

ㄣ
ㄅㄆㄇ讀音

字源速記法 是由漢字爾的略體「尔」演化來的。

尔 ➔ 尓 ➔ ン

寫一寫 ※注意筆順，筆順對了，才會寫得正確又漂亮。

丶 ン ン

小試身手

連連看：將相同發音的平假名和片假名配對看看！

ム

レ ケ ハ エ ナ シ ネ ル ア

ワ リ オ ソ ニ チ サ イ ヘ テ

フ

メ ン ラ ヨ ス ウ ユ

ミ

マ オ モ タ カ キ ロ

ヌ

ノ セ ク ヤ ツ コ

ナ

と や か け こ よ る

ひ ぬ そ ね

な き わ つ り く

め ゆ に す の ま

あ れ ふ ほ た え

さ ら

む せ お は ち

ろ い も

く

あ み へ ん し う

Part 2

濁音、半濁音就這樣學會了

基本的50音是「清音」，而「濁音」「半濁音」之類的只是在原來的假名上再加上一點點不同的變化而已，只要學會了發音技巧，就萬事ok！

濁音：僅發生在「か」「さ」「た」「は」四行，表記方法是在清音假名的右上角加上「〃」。而「ざ行」的「じ」、「ず」和「だ行」的「ぢ」、「づ」同音，通常使用前者。

半濁音：僅發生在「は」行，表記方法是在清音假名的右上角加一個小圈圈「。」。

JAPAN

平假名

ga
羅馬讀音

ㄍㄚ
ㄅㄆㄇ讀音

091

あ行 か行 さ行 た行 な行 は行 ま行 や行 ら行 濁音 半濁音 拗音

學習TIPS

以「か」的筆順先寫好「か」，接著在右上角加上「 〝」。

羅馬拼音是ga，但不太常很直接地用喉嚨發出像「ㄍㄚ」這樣的聲音，而是有點帶軟鼻音（nga有點帶鼻音的就是了）。（同台語的加〔ga〕）油。

唸一唸

先聽聽CD怎麼唸，再自己唸看看，最後自己寫一遍，邊寫邊唸，就能加強記憶。

癌	音樂	學校
がん	おんがく	がっこう
ga n	o n ga ku	ga • ko —
ㄍㄚ ㄣ	ㄡ ㄣ ㄍㄚ ㄎㄡ	ㄍㄚ • ㄎㄡ —

寫一寫

※注意筆順，筆順對了，才會寫得正確又漂亮。

092

ga

羅馬讀音

ㄍ
ㄚ

ㄅㄆㄇ讀音

片假名

以「カ」的筆順先寫好「カ」，接著在右上角加上「〃」

羅馬拼音是ga，但不太常很直接地用喉嚨發出像「ㄍㄚ」這樣的聲音，而是有點帶軟鼻音（nga有點帶鼻音的就是了）。（同台語的加〔ga〕）油。

先聽聽CD怎麼唸，再自己唸看看，最後自己寫一遍，邊寫邊唸，就能加強記憶。

瓦斯
ガス
ga su
ㄍㄚ ㄙ

汽油
ガソリン
ga so ri n
ㄍㄚ ㄙㄡ ㄌㄧ ㄣ

糖
シュガー
shu ga —
ㄒㄩ ㄍㄚ —

※注意筆順，筆順對了，才會寫得正確又漂亮。

カ ガ ガ

ア行 カ行 サ行 タ行 ナ行 ハ行 マ行 ヤ行 ラ行 ワ行 其他

gi

羅馬讀音

ㄍㄧ

ㄅㄆㄇ讀音

以「き」的筆順先寫好「き」，接著在右上角加上「〝」。

羅馬拼音是gi，發出像「ㄍㄧ」這樣的聲音，類似台語嘉義中義〔gi〕的音。

唸一唸 先聽聽**CD**怎麼唸，再自己唸看看，最後自己寫一遍，邊寫邊唸，就能加強記憶。

人情	會議	洋蔥
ぎり	かいぎ	たまねぎ
gi ri	ka i gi	ta ma ne gi
ㄍㄧ ㄌㄧ	ㄎㄚ ㄧ ㄍㄧ	ㄊㄚ ㄇㄚ ㄋㄟ ㄍㄧ

寫一寫 ※注意筆順，筆順對了，才會寫得正確又漂亮。

094

gi

羅馬讀音

ㄍㄧ

ㄅㄆㄇ讀音

以「キ」的筆順先寫好「キ」，接著在右上角加上「〞」。

羅馬拼音是gi，發出像「ㄍㄧ」這樣的聲音，類似台語嘉義中義〔gi〕的音。

先聽聽CD怎麼唸，再自己唸看看，最後自己寫一遍，邊寫邊唸，就能加強記憶。

吉他	禮物	能量
ギター	ギフト	エネルギー
gi ta —	gi fu to	e ne ru gi —

※注意筆順，筆順對了，才會寫得正確又漂亮。

キ ギ ギ

095

gu
羅馬讀音

ㄍㄨ
ㄅㄆㄇ讀音

以「く」的筆順先寫好「く」，接著在右上角加上「〃」。
羅馬拼音是gu，發出像「ㄍㄨ」這樣的聲音，類似「咕」的音。

先聽聽CD怎麼唸，再自己唸看看，最後自己寫一遍，邊寫邊唸，就能加強記憶。

家具	軍隊	入口
かぐ	ぐんたい	いりぐち
ka gu	gu n ta i	i ri gu chi
ㄎㄚ ㄍㄨ	ㄍㄨ ㄣ ㄊㄚ ㄧ	ㄧ ㄌㄧ ㄍㄨ ㄑㄧ

※注意筆順，筆順對了，才會寫得正確又漂亮。

096

gu
羅馬讀音

ㄍㄨ
ㄅㄆㄇ讀音

以「ク」的筆順先寫好「ク」，接著在右上角加上「 〃」。
羅馬拼音是gu ，發出像「ㄍㄨ 」這樣的聲音，類似「咕」的音。

先聽聽**CD**怎麼唸，再自己唸看看，最後自己寫一遍，邊寫邊唸，就能加強記憶。

玻璃杯	綠色	運動場
グラス	グリーン	グラウンド
gu ra su	gu ri — n	gu ra u n do
ㄍㄨ ㄌㄚ ㄙ	ㄍㄨ ㄌㄧ — ㄣ	ㄍㄨ ㄌㄚ ㄨ ㄣ ㄉㄡ

※注意筆順，筆順對了，才會寫得正確又漂亮。

ge
羅馬讀音

ㄍㄟ
ㄅㄆㄇ讀音

以「け」的筆順先寫好「け」，接著在右上角加上「〝」。

羅馬拼音是ge，發出像「ㄍㄟ」這樣的聲音，類似台語「會計」中計〔ge〕的音。

唸一唸

先聽聽CD怎麼唸，再自己唸看看，最後自己寫一遍，邊寫邊唸，就能加強記憶。

拉肚子	戲劇	木屐
げり	げき	げた
ge ri	ge ki	ge ta
ㄍㄟ ㄌㄧ	ㄍㄟ ㄎㄧ	ㄍㄟ ㄊㄚ

※注意筆順，筆順對了，才會寫得正確又漂亮。

あ行 か行 さ行 た行 な行 は行 ま行 や行 ら行 濁音 半濁音 拗音

羅馬讀音

ㄅㄆㄇ讀音

以「ケ」的筆順先寫好「ケ」，接著在右上角加上「〃」。

羅馬拼音是ge，發出像「ㄍㄟ」這樣的聲音，類似台語「會計」中計〔ge〕的音。

先聽聽CD怎麼唸，再自己唸看看，最後自己寫一遍，邊寫邊唸，就能加強記憶。

遊戲	客人	門
ゲーム	ゲスト	ゲート
ge — mu	ge su to	ge — to
ㄍㄟ — ㄇㄨ	ㄍㄟ ㄙ ㄊㄡ	ㄍㄟ — ㄊㄡ

寫一寫 ※注意筆順，筆順對了，才會寫得正確又漂亮。

ご

go
羅馬讀音

ㄍㄡ
ㄅㄆㄇ讀音

以「こ」的筆順先寫好「こ」，接著在右上角加上「 ゛」。

羅馬拼音是go，發出像「ㄍㄡ　」這樣的聲音，類似「勾」的音。

唸一唸

先聽聽**CD**怎麼唸，再自己唸看看，最後自己寫一遍，邊寫邊唸，就能加強記憶。

芝麻
ごま
go ma
ㄍㄡ ㄇㄚ

牛蒡
ごぼう
go bo —
ㄍㄡ ㄅㄡ —

米飯
ごはん
go ha n
ㄍㄡ ㄏㄚ ㄣ

寫一寫

※注意筆順，筆順對了，才會寫得正確又漂亮。

go

羅馬讀音

ㄅㄆㄇ讀音

以「コ」的筆順先寫好「コ」，接著在右上角加上「〃」。

羅馬拼音是go，發出像「ㄍㄡ」這樣的聲音，類似「勾」的音。

先聽聽CD怎麼唸，再自己唸看看，最後自己寫一遍，邊寫邊唸，就能加強記憶。

高爾夫	決勝點	探戈
ゴルフ	ゴール	タンゴ
go ru fu	go — ru	ta n go
ㄍㄡ ㄌㄨ ㄏㄨ	ㄍㄡ — ㄌㄨ	ㄊㄚ ㄣ ㄍㄡ

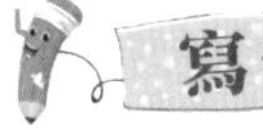

※注意筆順，筆順對了，才會寫得正確又漂亮。

平假名

あ行 か行 さ行 た行 な行 は行 ま行 や行 ら行 濁音 半濁音 拗音

101

za

羅馬讀音

ㄗㄚ

ㄅㄆㄇ讀音

學習TIPS

以「さ」的筆順先寫好「さ」，接著在右上角加上「〝」。

「ざ行音」是以S子音為基礎做延伸變化的Z子音，實際的唸法上要帶入一點Z的音，嘴巴要有種震動感。羅馬拼音是za，發出像「ㄗㄚ」這樣的聲音，類似「紮」的音。

唸一唸

先聽聽CD怎麼唸，再自己唸看看，最後自己寫一遍，邊寫邊唸，就能加強記憶。

雜誌	座位	登山
ざっし	ざせき	とざん
za・shi	za se ki	to za n
ㄗㄚ・ㄒㄧ	ㄗㄚ ㄙㄟ ㄎㄧ	ㄊㄡ ㄗㄚ ㄣ

寫一寫 ※注意筆順，筆順對了，才會寫得正確又漂亮。

102

ザ

za

羅馬讀音

ㄗㄚ

ㄅㄆㄇ讀音

以「サ」的筆順先寫好「サ」，接著在右上角加上「 〃」。

「ザ行音」是以Ｓ子音為基礎做延伸變化的Ｚ子音，實際的唸法上要帶入一點Ｚ的音，嘴巴要有種震動感。羅馬拼音是za，發出像「ㄗㄚ 」這樣的聲音，類似「紮」的音。

唸一唸

先聽聽CD怎麼唸，再自己唸看看，最後自己寫一遍，邊寫邊唸，就能加強記憶。

披薩	點心	設計
ピザ	デザート	デザイン
pi za	de za — to	de za i n
ㄆㄧ ㄗㄚ	ㄉㄟ ㄗㄚ — ㄊㄡ	ㄉㄟ ㄗㄚ ㄧ ㄣ

寫一寫

※注意筆順，筆順對了，才會寫得正確又漂亮。

ア行 カ行 サ行 タ行 ナ行 ハ行 マ行 ヤ行 ラ行 ワ行 其他

ji

羅馬讀音

ㄐㄧ

ㄅㄆㄇ讀音

以「し」的筆順先寫好「し」，接著在右上角加上「〝」。
羅馬拼音是gi，發出像「ㄐㄧ」這樣的聲音，類似「機」的音。

唸一唸

先聽聽**CD**怎麼唸，再自己唸看看，最後自己寫一遍，邊寫邊唸，就能加強記憶。

字典
じてん
ji te n
ㄐㄧ ㄊㄝ ㄣ

時間
じかん
ji ka n
ㄐㄧ ㄎㄚ ㄣ

腳踏車
じてんしゃ
ji te n sha
ㄐㄧ ㄊㄝ ㄣ ㄒㄧㄚ

寫一寫 ※注意筆順，筆順對了，才會寫得正確又漂亮。

ア行 カ行 サ行 タ行 ナ行 ハ行 マ行 ヤ行 ラ行 ワ行 其他

ji
羅馬讀音

ㄐㄧ
ㄅㄆㄇ讀音

以「シ」的筆順先寫好「シ」，接著在右上角加上「〃」。
羅馬拼音是gi，發出像「ㄐㄧ」這樣的聲音，類似「機」的音。

先聽聽CD怎麼唸，再自己唸看看，最後自己寫一遍，邊寫邊唸，就能加強記憶。

長頸鹿	吉普車	牛仔褲
ジラフ	ジープ	ジーンズ
ji ra fu	ji — pu	ji — n zu
ㄐㄧ ㄌㄚ ㄏㄨ	ㄐㄧ — ㄆㄨ	ㄐㄧ — ㄣ ㄗㄨ

※注意筆順，筆順對了，才會寫得正確又漂亮。

105

zu
羅馬讀音

ㄗㄨ
ㄅㄆㄇ讀音

以「す」的筆順先寫好「す」，接著在右上角加上「〝」。
羅馬拼音是zu，發出像「ㄗㄨ」這樣的聲音，類似「資」的音。

先聽聽CD怎麼唸，再自己唸看看，最後自己寫一遍，邊寫邊唸，就能加強記憶。

麻雀	靶心	涼爽的
すずめ	ずぼし	すずしい
su zu me	zu bo shi	su zu shi —
ㄙㄨ ㄗㄨ ㄇㄟ	ㄗㄨ ㄅㄡ ㄒㄧ	ㄙㄨ ㄗㄨ ㄒㄧ —

※注意筆順，筆順對了，才會寫得正確又漂亮。

すずず

zu

羅馬讀音

ㄅㄆㄇ讀音

以「ス」的筆順先寫好「ス」，接著在右上角加上「 〃」。

羅馬拼音是zu，發出像「ㄗㄨ」這樣的聲音，類似「資」的音。

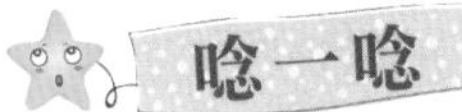

先聽聽CD怎麼唸，再自己唸看看，最後自己寫一遍，邊寫邊唸，就能加強記憶。

褲子	圓滑的	沙拉醬
ズボン	スムーズ	マヨネーズ
zu bo n	su mu — zu	ma yo ne — zu
ㄗㄨ ㄅㄡ ㄣ	ㄙㄨ ㄇㄨ — ㄗㄨ	ㄇㄚ 一ㄡ ㄋㄟ — ㄗㄨ

寫一寫

※注意筆順，筆順對了，才會寫得正確又漂亮。

ス ズ ズ

107

以「せ」的筆順先寫好「せ」，接著在右上角加上「〝」。
羅馬拼音是ze，發出像「ㄗㄟ」這樣的聲音，類似台語「坐」〔ze〕的音。

先聽聽CD怎麼唸，再自己唸看看，最後自己寫一遍，邊寫邊唸，就能加強記憶。

零錢	全部	稅金
こぜに	ぜんぶ	ぜいきん
ko ze ni	ze n bu	ze i ki n
ㄎㄡ ㄗㄟ ㄋㄧ	ㄗㄟ ㄣ ㄅㄨ	ㄗㄟ ㄧ ㄎㄧ ㄣ

※注意筆順，筆順對了，才會寫得正確又漂亮。

ze

羅馬讀音

ㄅㄆㄇ讀音

以「セ」的筆順先寫好「セ」，接著在右上角加上「〃」。

羅馬拼音是ze，發出像「ㄗㄟ」這樣的聲音，類似台語「坐」〔ze〕的音。

先聽聽CD怎麼唸，再自己唸看看，最後自己寫一遍，邊寫邊唸，就能加強記憶。

零	果凍	斑馬
ゼロ	ゼリー	ゼブラ
ze ro	ze ri —	ze bu ra
ㄗㄟ ㄌㄡ	ㄗㄟ ㄌㄧ —	ㄗㄟ ㄅㄨ ㄌㄚ

※注意筆順，筆順對了，才會寫得正確又漂亮。

109

ZO

羅馬讀音

ㄗㄡ

ㄅㄆㄇ讀音

學習TIPS

以「そ」的筆順先寫好「そ」，接著在右上角加上「 〃」。
羅馬拼音是zo，發出像「ㄗㄡ」這樣的聲音，類似「走」的音。

唸一唸

先聽聽CD怎麼唸，再自己唸看看，最後自己寫一遍，邊寫邊唸，就能加強記憶。

大象	抹布	增加
ぞう	ぞうきん	ぞうか
zo —	zo — ki n	zo — ka
ㄗㄡ —	ㄗㄡ — ㄎㄧ ㄣ	ㄗㄡ — ㄎㄚ

※注意筆順，筆順對了，才會寫得正確又漂亮。

zo

羅馬讀音

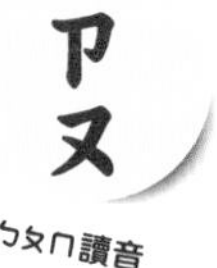

ㄅㄆㄇ讀音

以「ソ」的筆順先寫好「ソ」，接著在右上角加上「〃」。

羅馬拼音是zo，發出像「ㄗㄡ」這樣的聲音，類似「走」的音。

先聽聽**CD**怎麼唸，再自己唸看看，最後自己寫一遍，邊寫邊唸，就能加強記憶。

左拉	區域	渡假
ゾラ	ゾーン	リゾート
zo ra	zo — n	ri zo — to
ㄗㄡ ㄌㄚ	ㄗㄡ — ㄣ	ㄌㄧ ㄗㄡ — ㄊㄡ

※注意筆順，筆順對了，才會寫得正確又漂亮。

小試身手

111

學會了 50 音，接下來我們來試試身手，開始開口說日文囉！

數字

いち	1	に	2
さん	3	し / よん	4
ご	5	ろく	6
ち / なな	7	はち	8
きゅう / く	9	じゅう	10
にじゅう	20	さんじゅう	30
よんじゅう	40	ごじゅう	50
ろくじゅう	60	ななじゅう	70
はちじゅう	80	きゅうじゅう	90
ひゃく	百	せん	千

いちまん　一萬

打招呼

おはようございます。	早安
こんにちは。	午安
こんばんは。	晚安（晚上見面時的招呼用語）
おやすみなさい。	晚安（晚上道別時的招呼用語）
さようなら！	再見
じゃ、また。	再見（先走一步很快會再相見）
ありがとう。	謝謝
どういたしまして。	不客氣
ごめんなさい。	對不起
すみません。	抱歉、謝謝、請問（點菜時使用）

112

da

羅馬讀音

ㄅㄆㄇ讀音

以「た」的筆順先寫好「た」，接著在右上角加上「 〃」。

「だ行音」是以T子音為基礎做延伸變化的D子音，羅馬拼音是da，發出像「ㄉㄚ」這樣的聲音，類似「搭」的音。

唸一唸

先聽聽CD怎麼唸，再自己唸看看，最後自己寫一遍，邊寫邊唸，就能加強記憶。

白蘿蔔	浪費	大學
だいこん	だいなし	だいがく
da i ko n	da i na shi	da i ga ku
ㄉㄚ ㄧ ㄎㄡ ㄣ	ㄉㄚ ㄧ ㄋㄚ ㄒㄧ	ㄉㄚ ㄧ ㄍㄚ ㄎㄨ

寫一寫 ※注意筆順，筆順對了，才會寫得正確又漂亮。

113

da

羅馬讀音

ㄉㄚ

ㄅㄆㄇ讀音

以「タ」的筆順先寫好「タ」，接著在右上角加上「 〞」。

「ダ行音」是以T子音為基礎做延伸變化的D子音，羅馬拼音是da，發出像「ㄉㄚ」這樣的聲音，類似「搭」的音。

唸一唸

先聽聽**CD**怎麼唸，再自己唸看看，最後自己寫一遍，邊寫邊唸，就能加強記憶。

跳舞	涼鞋	紙箱
ダンス	サンダル	ダンボール
da n su	sa n da ru	da n bo — ru
ㄉㄚ ㄣ ㄙ	ㄙㄚ ㄣ ㄉㄚ ㄌㄨ	ㄉㄚ ㄣ ㄅㄛ — ㄌㄨ

寫一寫

※注意筆順，筆順對了，才會寫得正確又漂亮。

タ ダ ダ

114

で

de

羅馬讀音

ㄅㄆㄇ讀音

學習TIPS

以「て」的筆順先寫好「て」，接著在右上角加上「 〃」。

羅馬拼音是de，發出像「ㄉㄟ」這樣的聲音，類似台語「茶」〔de〕的音。

唸一唸

先聽聽**CD**怎麼唸，再自己唸看看，最後自己寫一遍，邊寫邊唸，就能加強記憶。

電話	電池	電車
でんわ	でんち	でんしゃ
de n wa	de n chi	de n sha
ㄉㄟ ㄣ ㄨㄚ	ㄉㄟ ㄣ ㄑㄧ	ㄉㄟ ㄣ ㄒㄧㄚ

※注意筆順，筆順對了，才會寫得正確又漂亮。

de

羅馬讀音

ㄅㄆㄇ讀音

以「テ」的筆順先寫好「テ」，接著在右上角加上「〝」。羅馬拼音是de，發出像「ㄉㄟ」這樣的聲音，類似台語「茶」〔de〕的音。

先聽聽**CD**怎麼唸，再自己唸看看，最後自己寫一遍，邊寫邊唸，就能加強記憶。

示威遊行	約會	百貨公司
デモ	デート	デパート
de mo	de — to	de pa — to
ㄉㄟ ㄇㄡ	ㄉㄟ — ㄊㄡ	ㄉㄟ ㄆㄚ — ㄊㄡ

※注意筆順，筆順對了，才會寫得正確又漂亮。

116

do
羅馬讀音

ㄉㄡ
ㄅㄆㄇ讀音

以「と」的筆順先寫好「と」，接著在右上角加上「 〃」。
羅馬拼音是do，發出像「ㄉㄡ」這樣的聲音，類似「兜」的音。

唸一唸

先聽聽**CD**怎麼唸，再自己唸看看，最後自己寫一遍，邊寫邊唸，就能加強記憶。

海獅	單身	動物園
とど	どくしん	どうぶつえん
to do	do ku shi n	do — bu tsu e n
ㄊㄡ ㄉㄡ	ㄉㄡ ㄎㄨ ㄒㄧ ㄣ	ㄉㄡ — ㄅㄨ ㄗ ㄝ ㄣ

※注意筆順，筆順對了，才會寫得正確又漂亮。

117

do
羅馬讀音

ㄉㄡ
ㄅㄆㄇ讀音

以「ト」的筆順先寫好「ト」，接著在右上角加上「〝」。
羅馬拼音是do，發出像「ㄉㄡ」這樣的聲音，類似「兜」的音。

先聽聽**CD**怎麼唸，再自己唸看看，最後自己寫一遍，邊寫邊唸，就能加強記憶。

美金	門	飲料
ドル	ドア	ドリンク
do ru	do a	do ri n ku
ㄉㄡ ㄌㄨ	ㄉㄡ ㄚ	ㄉㄡ ㄌㄧ ㄣ ㄎㄨ

※注意筆順，筆順對了，才會寫得正確又漂亮。

ba

羅馬讀音

ㄅㄆㄇ讀音

以「は」的筆順先寫好「は」，接著在右上角加上「〃」。

「ば行音」是以H子音為基礎做延伸變化的B子音，羅馬拼音是ba，發出像「ㄅㄚ」這樣的聲音，類似「巴」的音。

唸一唸

先聽聽CD怎麼唸，再自己唸看看，最後自己寫一遍，邊寫邊唸，就能加強記憶。

愚蠢	號碼	奶奶
ばか	ばんごう	おばあさん
ba ka	ba n go —	o ba — sa n
ㄅㄚ ㄎㄚ	ㄅㄚ ㄣ ㄍㄡ —	ㄡ ㄅㄚ — ㄙㄚ ㄣ

※注意筆順，筆順對了，才會寫得正確又漂亮。

ba
羅馬讀音

ㄅㄆㄇ讀音

以「ハ」的筆順先寫好「ハ」，接著在右上角加上「 〃」。

「バ行音」是以H子音為基礎做延伸變化的B子音，羅馬拼音是ba，發出像「ㄅㄚ」這樣的聲音，類似「巴」的音。

先聽聽CD怎麼唸，再自己唸看看，最後自己寫一遍，邊寫邊唸，就能加強記憶。

巴士	香蕉	小提琴
バス	バナナ	バイオリン
ba su	ba na na	ba i o ri n
ㄅㄚ ㄙ	ㄅㄚ ㄋㄚ ㄋㄚ	ㄅㄚ 一 ㄡ ㄌ一 ㄣ

※注意筆順，筆順對了，才會寫得正確又漂亮。

bi

羅馬讀音

ㄅㄧ

ㄅㄆㄇ讀音

以「ひ」的筆順先寫好「ひ」，接著在右上角加上「〝」。
羅馬拼音是bi，發出像「ㄅㄧ」這樣的聲音，類似「逼」的音。

唸一唸

先聽聽CD怎麼唸，再自己唸看看，最後自己寫一遍，邊寫邊唸，就能加強記憶。

花瓶	郵件	美容院
かびん	ゆうびん	びよういん
ka bi n	yu — bi n	bi yo — i n
ㄎㄚ ㄅㄧ ㄣ	ㄧㄡ — ㄅㄧ ㄣ	ㄅㄧ ㄧㄡ — ㄧ ㄣ

※注意筆順，筆順對了，才會寫得正確又漂亮。

あ行 か行 さ行 た行 な行 は行 ま行 や行 ら行 濁音 半濁音 拗音

121

片假名

bi
羅馬讀音

ㄅㄧ
ㄅㄆㄇ讀音

以「ヒ」的筆順先寫好「ヒ」，接著在右上角加上「〝」。
羅馬拼音是bi，發出像「ㄅㄧ」這樣的聲音，類似「逼」的音。

先聽聽CD怎麼唸，再自己唸看看，最後自己寫一遍，邊寫邊唸，就能加強記憶。

啤酒	超商	塑膠
ビール	コンビニ	ビニール
bi — ru	ko n bi ni	bi ni — ru
ㄅㄧ — ㄌㄨ	ㄎㄡ ㄣ ㄅㄧ ㄋㄧ	ㄅㄧ ㄋㄧ — ㄌㄨ

※注意筆順，筆順對了，才會寫得正確又漂亮。

ア行 カ行 サ行 タ行 ナ行 ハ行 マ行 ヤ行 ラ行 ワ行 其他

bu

ㄅㄨ

羅馬讀音

ㄅㄆㄇ讀音

以「ふ」的筆順先寫好「ふ」，接著在右上角加上「〝」。
羅馬拼音是bu，發出像「ㄅㄨ」這樣的聲音，類似「步」的音。

唸一唸

先聽聽CD怎麼唸，再自己唸看看，最後自己寫一遍，邊寫邊唸，就能加強記憶。

葡萄	豬	報紙
ぶどう	ぶた	しんぶん
bu do —	bu ta	shi n bu n
ㄅㄨ ㄉㄡ —	ㄅㄨ ㄊㄚ	ㄒㄧ ㄣ ㄅㄨ ㄣ

※注意筆順，筆順對了，才會寫得正確又漂亮。

あ行 か行 さ行 た行 な行 は行 ま行 や行 ら行 濁音 半濁音 拗音

以「フ」的筆順先寫好「フ」，接著在右上角加上「〃」。

羅馬拼音是bu，發出像「ㄅㄨ」這樣的聲音，類似「步」的音。

先聽聽CD怎麼唸，再自己唸看看，最後自己寫一遍，邊寫邊唸，就能加強記憶。

藍色	長靴	書本
ブルー	ブーツ	ブック
bu ru —	bu — tsu	bu • ku
ㄅㄨ ㄌㄨ —	ㄅㄨ — ㄗ	ㄅㄨ • ㄎㄨ

※注意筆順，筆順對了，才會寫得正確又漂亮。

124

be

羅馬讀音

ㄅㄆㄇ讀音

以「へ」的筆順先寫好「へ」，接著在右上角加上「 〃」。
羅馬拼音是be，發出像「ㄅㄟ」這樣的聲音，類似「杯」的音。

唸一唸

先聽聽CD怎麼唸，再自己唸看看，最後自己寫一遍，邊寫邊唸，就能加強記憶。

海邊
うみべ
u mi be

便利
べんり
be n ri

便當
べんとう
be n to —

※注意筆順，筆順對了，才會寫得正確又漂亮。

125

be

羅馬讀音

ㄅㄆㄇ讀音

以「ヘ」的筆順先寫好「ヘ」，接著在右上角加上「 〝」。

羅馬拼音是be，發出像「ㄅㄟ」這樣的聲音，類似「杯」的音。

先聽聽CD怎麼唸，再自己唸看看，最後自己寫一遍，邊寫邊唸，就能加強記憶。

皮帶	嬰兒	床
ベルト	ベビー	ベッド
be ru to	be bi —	be・do
ㄅㄟˋ ㄌㄨˋ ㄊㄛ	ㄅㄟˋ ㄅㄧˊ —	ㄅㄟˋ・ㄉㄛˊ

※注意筆順，筆順對了，才會寫得正確又漂亮。

片假名

ア行 カ行 サ行 タ行 ナ行 ハ行 マ行 ヤ行 ラ行 ワ行 其他

平假名

あ行 か行 さ行 た行 な行 は行 ま行 や行 ら行 濁音 半濁音 拗音

126

bo
羅馬讀音

ㄅㄡ
ㄅㄆㄇ讀音

學習TIPS

以「ほ」的筆順先寫好「ほ」，接著在右上角加上「〝」。

羅馬拼音是bo，發出像「ㄅㄡ」這樣的聲音，類似台語「保護」中「保〔bo〕」的音。

唸一唸

先聽聽CD怎麼唸，再自己唸看看，最後自己寫一遍，邊寫邊唸，就能加強記憶。

帽子	和尚	貿易
ぼうし	ぼうず	ぼうえき
bo — shi	bo — zu	bo — e ki
ㄅㄡ — ㄒㄧ	ㄅㄡ — ㄗㄨ	ㄅㄡ — ㄝ ㄎㄧ

※注意筆順，筆順對了，才會寫得正確又漂亮。

127

bo
羅馬讀音

ㄅㄡ
ㄅㄆㄇ讀音

以「ホ」的筆順先寫好「ホ」，接著在右上角加上「〃」。

羅馬拼音是bo，發出像「ㄅㄡ」這樣的聲音，類似台語「保護」中「保〔bo〕」的音。

先聽聽CD怎麼唸，再自己唸看看，最後自己寫一遍，邊寫邊唸，就能加強記憶。

球	小船	男孩
ボール	ボート	ボーイ
bo — ru	bo — to	bo — i
ㄅㄡ — ㄌㄨ	ㄅㄡ — ㄊㄡ	ㄅㄡ — 一

※注意筆順，筆順對了，才會寫得正確又漂亮。

pa

羅馬讀音

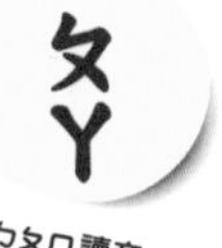

ㄅㄆㄇ讀音

學習TIPS

以「は」的筆順先寫好「は」，接著在右上角加上「゜」。

「ぱ行音」是以H子音為基礎做延伸變化的P子音，羅馬拼音是pa，發出像「ㄆㄚ」這樣的聲音，類似台語「打人」中「打〔ㄆㄚ〕」的音，氣音很重。

唸一唸

先聽聽CD怎麼唸，再自己唸看看，最後自己寫一遍，邊寫邊唸，就能加強記憶。

葉子	活潑	出發
はっぱ	かっぱつ	しゅっぱつ
ha・pa	ka・pa tsu	shu・pa tsu
ㄏㄚ・ㄆㄚ	ㄎㄚ・ㄆㄚ ㄗ	ㄒㄩ・ㄆㄚ ㄗ

※注意筆順，筆順對了，才會寫得正確又漂亮。

129

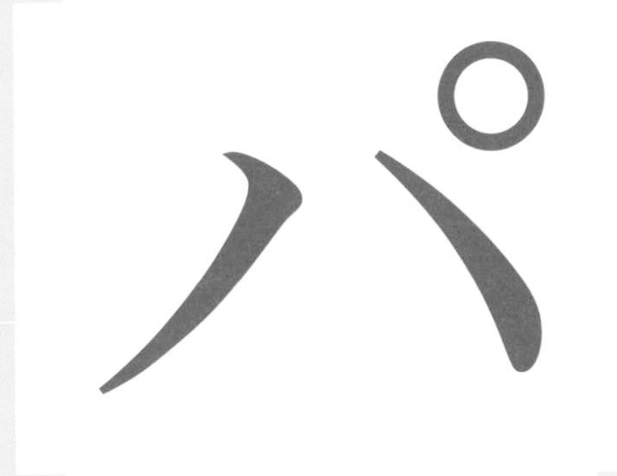

pa
羅馬讀音

ㄆㄚ
ㄅㄆㄇ讀音

以「ハ」的筆順先寫好「ハ」，接著在右上角加上「。」。

「パ行音」是以H子音為基礎做延伸變化的P子音，羅馬拼音是pa，發出像「ㄆㄚ」這樣的聲音，類似台語「打人」中「打〔ㄆㄚ〕」的音，氣音很重。

先聽聽CD怎麼唸，再自己唸看看，最後自己寫一遍，邊寫邊唸，就能加強記憶。

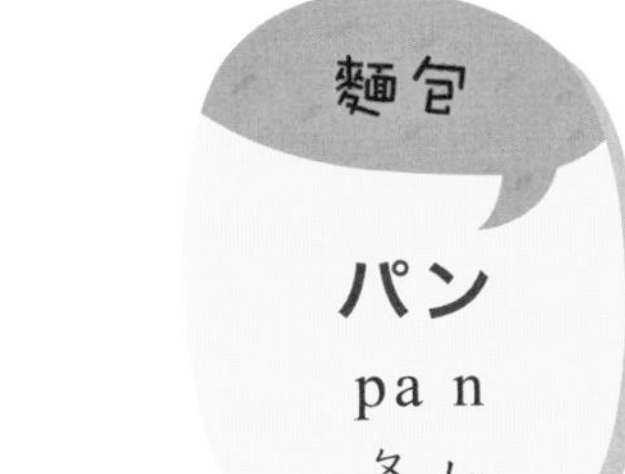

通過
パス
pa su
ㄆㄚ ㄙ

超級市場
スーパー
su — pa —
ㄙ — ㄆㄚ —

※注意筆順，筆順對了，才會寫得正確又漂亮。

pi

羅馬讀音

ㄆㄧ

ㄅㄆㄇ讀音

以「ひ」的筆順先寫好「ひ」，接著在右上角加上「。」。

羅馬拼音是pi，發出像「ㄆㄧ」這樣的聲音，類似「批」的音。

唸一唸

先聽聽CD怎麼唸，再自己唸看看，最後自己寫一遍，邊寫邊唸，就能加強記憶。

鉛筆	便秘	亮晶晶
えんぴつ	べんぴ	ぴかぴか
e n pi tsu	be n pi	pi ka pi ka
ㄝ ㄣ ㄆㄧ ㄗ	ㄅㄟ ㄣ ㄆㄧ	ㄆㄧ ㄎㄚ ㄆㄧ ㄎㄚ

※注意筆順，筆順對了，才會寫得正確又漂亮。

あ行 か行 さ行 た行 な行 は行 ま行 や行 ら行 濁音 半濁音 拗音

131

pi

羅馬讀音

ㄆㄧ

ㄅㄆㄇ讀音

以「ヒ」的筆順先寫好「ヒ」，接著在右上角加上「。」。
羅馬拼音是pi，發出像「ㄆㄧ」這樣的聲音，類似「批」的音。

先聽聽**CD**怎麼唸，再自己唸看看，最後自己寫一遍，邊寫邊唸，就能加強記憶。

鋼琴	披薩	影印
ピアノ	ピザ	コピー
pi a no	pi za	ko pi —
ㄆㄧ ㄚ ㄋㄡ	ㄆㄧ ㄗㄚ	ㄎㄡ ㄆㄧ —

※注意筆順，筆順對了，才會寫得正確又漂亮。

132

pu
羅馬讀音

ㄆㄨ

ㄅㄆㄇ讀音

學習TIPS

以「ふ」的筆順先寫好「ふ」，接著在右上角加上「。」。
羅馬拼音是pu，發出像「ㄆㄨ」這樣的聲音，類似「噗」的音。

唸一唸

先聽聽CD怎麼唸，再自己唸看看，最後自己寫一遍，邊寫邊唸，就能加強記憶。

天婦羅	車票	電風扇
てんぷら	きっぷ	せんぷうき
te n pu ra	ki・pu	se n pu — ki
ㄊㄝ ㄣ ㄆㄨ ㄌㄚ	ㄎㄧ・ㄆㄨ	ㄙㄝ ㄣ ㄆㄨ — ㄎㄧ

寫一寫 ※注意筆順，筆順對了，才會寫得正確又漂亮。

133

pu
羅馬讀音

ㄆㄨ
ㄅㄆㄇ讀音

以「フ」的筆順先寫好「フ」，接著在右上角加上「。」。
羅馬拼音是pu，發出像「ㄆㄨ」這樣的聲音，類似「噗」的音。

先聽聽CD怎麼唸，再自己唸看看，最後自己寫一遍，邊寫邊唸，就能加強記憶。

游泳池	團體	王子
プール	グループ	プリンス
pu — ru	gu ru — pu	pu ri n su
ㄆㄨ — ㄌㄨ	ㄍㄨ ㄌㄨ — ㄆㄨ	ㄆㄨ ㄌㄧ ㄣ ㄙ

寫一寫 ※注意筆順，筆順對了，才會寫得正確又漂亮。

フ　プ　プ

134

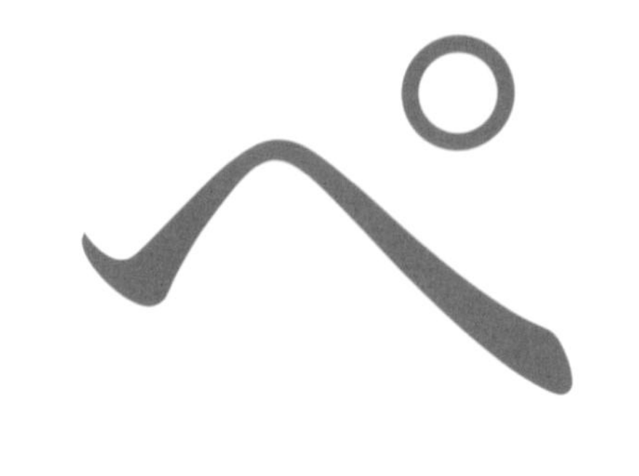

pe

羅馬讀音

ㄅㄆㄇ讀音

以「へ」的筆順先寫好「へ」，接著在右上角加上「。」。

羅馬拼音是pe，發出像「ㄆㄟ」這樣的聲音，類似「胚」的音。

唸一唸

先聽聽CD怎麼唸，再自己唸看看，最後自己寫一遍，邊寫邊唸，就能加強記憶。

憲兵	蹲坐	流利
けんぺい	ぺたん	ぺらぺら
ke n pe —	pe ta n	pe ra pe ra
ㄎㄟ ㄣ ㄆㄟ —	ㄆㄟ ㄊㄚ ㄣ	ㄆㄟ ㄌㄚ ㄆㄟ ㄌㄚ

寫一寫

※注意筆順，筆順對了，才會寫得正確又漂亮。

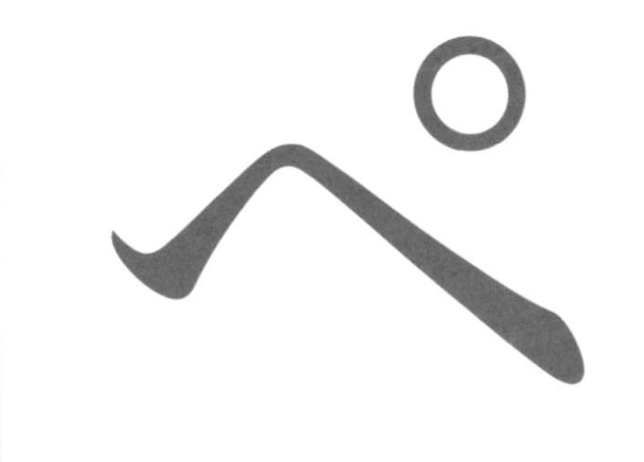

pe

羅馬讀音

ㄆㄟ

ㄅㄆㄇ讀音

以「ヘ」的筆順先寫好「ヘ」，接著在右上角加上「。」。

羅馬拼音是pe，發出像「ㄆㄟ」這樣的聲音，類似「胚」的音。

先聽聽**CD**怎麼唸，再自己唸看看，最後自己寫一遍，邊寫邊唸，就能加強記憶。

筆	頁碼	企鵝
ペン	ページ	ペンギン
pe n	pe — ji	pe n gi n
ㄆㄟ ㄣ	ㄆㄟ — ㄐㄧ	ㄆㄟ ㄣ ㄍㄧ ㄣ

※注意筆順，筆順對了，才會寫得正確又漂亮。

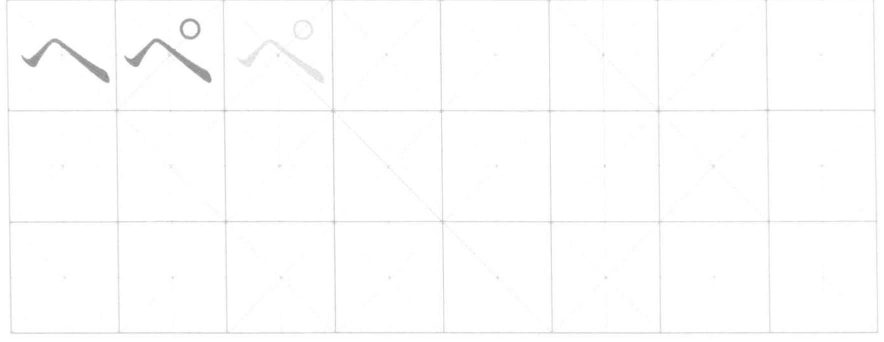

136

po

羅馬讀音

ㄆㄡ

ㄅㄆㄇ讀音

以「ほ」的筆順先寫好「ほ」，接著在右上角加上「。」。
羅馬拼音是po，發出像「ㄆㄡ」這樣的聲音。

唸一唸 先聽聽CD怎麼唸，再自己唸看看，最後自己寫一遍，邊寫邊唸，就能加強記憶。

尾巴	散步	店鋪
しっぽ	さんぽ	てんぽ
shi・po	sa n po	te n po
ㄒㄧ・ㄆㄡ	ㄙㄚ ㄣ ㄆㄡ	ㄊㄝ ㄣ ㄆㄡ

寫一寫 ※注意筆順，筆順對了，才會寫得正確又漂亮。

po

羅馬讀音

ㄅㄆㄇ讀音

以「ホ」的筆順先寫好「ホ」，接著在右上角加上「。」。
羅馬拼音是po，發出像「ㄆㄡ」這樣的聲音。

先聽聽CD怎麼唸，再自己唸看看，最後自己寫一遍，邊寫邊唸，就能加強記憶。

郵筒	姿勢	馬鈴薯
ポスト	ポーズ	ポテト
po su to	po — zu	po te to
ㄆㄡ ㄙ ㄊㄡ	ㄆㄡ — ㄗㄨ	ㄆㄡ ㄊㄝ ㄊㄡ

※注意筆順，筆順對了，才會寫得正確又漂亮。

促音及長音

學完了清音、濁音、半濁音，所有日語假名發音等於都學完了，接下來只是將50音組合成單字時的一些發音應用技巧。當數個假名合成一個單字時，有時會停一拍，有時會拉長一拍，有時要把兩個假名合在一起唸，這分別就是所謂的「促音」「長音」和「拗音」。以下就分別來看各項說明與練習。

日文單字裡有時會出現比較小的っ（或ッ），這種小っ（或ッ）就是「促音」。當我們唸出日文單字時碰到促音也要算一個節拍哦，發音方式則是在發出前一個音之後就將嘴型轉到小っ後一個音的發音位置，停一拍然後再發出音。例如まって /ma t te/ 就發出ま之後，馬上將嘴型轉到 /t/ 的發音位置停頓一拍，然後發出 /te/ 的音。

既然有停一拍，就有多一拍囉，多一拍的就叫做「長音」，羅馬拼音上會多加一個小橫線「—」來表示這個音要拉長音，例如おしょう（和尚）標音為 /o sho-/。長音只會出在母音，也就是 /a/、/i/、/u/、/e/、/o/ 上，當碰到長音時就把母音拉長一拍，例如帽子「ぼうし」(bo- shi)，這個日文字總共是三拍哦。

促音羅馬拼音的寫法。きって寫成 /kitte/，中間休息的那一拍重複寫下一個假名的第一個音即可，表示它只有嘴型的變化而沒有發出聲音。

Part 3

拗音就這樣學會了

拗音是將日文的清音中的い段音「き、ぎ、し、ち、じ/ぢ、に、ひ、び、ぴ、み、り」這些字音每個字與清音や行的三個音（や、ゆ、よ）加起來合成一個音節，以拼音方式拼成新的唸法，這些字稱為拗音。

比如我們說「飄」的時候，不會把「ㄆ」「ㄧ」「ㄠ」分開唸，一定會合在一起唸「ㄆㄧㄠ」，拗音的原理也是一樣，要將假名合成一拍來唸。在書寫時，「や行」的假名要寫得比左邊假名小喔。

JAPAN

kya
羅馬讀音

以「き」的筆順先寫好「き」，接著在「き」的右下角加小字的「ゃ」。

「き[ㄎ一]」＋「や[一Y]」的結合音，羅馬拼音是kya，發出像「ㄎ一Y」這樣的聲音。

唸一唸

先聽聽**CD**怎麼唸，再自己唸看看，最後自己寫一遍，邊寫邊唸，就能加強記憶。

客廳	腳本	冷卻
きゃくま	きゃくほん	れいきゃく
kya ku ma	kya ku ho n	re — kya ku
ㄎY ㄎㄨ ㄇY	ㄎY ㄎㄨ ㄏㄡ ㄣ	ㄌㄟ — ㄎY ㄎㄨ

※注意筆順，筆順對了，才會寫得正確又漂亮。

kya

羅馬讀音

ㄎㄧㄚ

ㄅㄆㄇ讀音

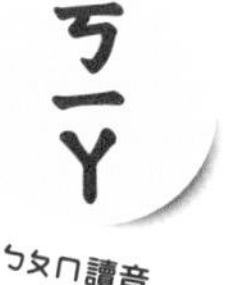

以「キ」的筆順先寫好「キ」，接著在「キ」的右下角加小字的「ヤ」。

「き[ㄎㄧ]」＋「や[ㄧㄚ]」的結合音，羅馬拼音是kya，發出像「ㄎㄧㄚ」這樣的聲音。

先聽聽**CD**怎麼唸，再自己唸看看，最後自己寫一遍，邊寫邊唸，就能加強記憶。

現金	蠟燭	高麗菜
キャッシュ	キャンドル	キャベツ
kya・shu	kya n do ru	kya be tsu
ㄎㄧㄚ・ㄒㄧㄨ	ㄎㄧㄚ ㄣ ㄉㄡ ㄌㄨ	ㄎㄧㄚ ㄅㄟ ㄗ

※注意筆順，筆順對了，才會寫得正確又漂亮。

キ　キャ　キャ

140

kyu
羅馬讀音

ㄎㄧㄨ
ㄅㄆㄇ讀音

學習TIPS

以「き」的筆順先寫好「き」，接著在「き」的右下角加小字的「ゆ」。

「き[ㄎㄧ]」＋「ゆ[ㄧㄨ]」的結合音，羅馬拼音是kyu，發出像「ㄎㄧㄨ」這樣的聲音，類似英文「Q」的音。

唸一唸

先聽聽**CD**怎麼唸，再自己唸看看，最後自己寫一遍，邊寫邊唸，就能加強記憶。

突然	小黃瓜	救護車
きゅうに	きゅうり	きゅうきゅうしゃ
kyu — ni	kyu — ri	kyu — kyu — sha
ㄎㄧㄨ — ㄋㄧ	ㄎㄧㄨ — ㄌㄧ	ㄎㄧㄨ — ㄎㄧㄨ — ㄒㄧㄚ

寫一寫 ※注意筆順，筆順對了，才會寫得正確又漂亮。

片假名

ア行 カ行 サ行 タ行 ナ行 ハ行 マ行 ヤ行 ラ行 ワ行 其他

kyu

羅馬讀音

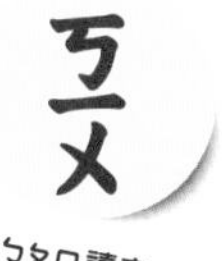

ㄅㄆㄇ讀音

以「キ」的筆順先寫好「キ」，接著在「キ」的右下角加小字的「ュ」。

「キ[ㄎㄧ]」+「ユ[ㄧㄨ]」的結合音，羅馬拼音是kyu，發出像「ㄎㄧㄨ」這樣的聲音，類似英文「Q」的音。

先聽聽CD怎麼唸，再自己唸看看，最後自己寫一遍，邊寫邊唸，就能加強記憶。

可愛	古巴	丘比特
キュート	キューバ	キューピッド
kyu — to	kyu — ba	kyu — pi・do
ㄎㄩ — ㄊㄡ	ㄎㄩ — ㄅㄚ	ㄎㄩ — ㄆㄧ・ㄉㄡ

※注意筆順，筆順對了，才會寫得正確又漂亮。

キ キュ キュ

142

kyo
羅馬讀音

ㄎㄧㄡ
ㄅㄆㄇ讀音

學習TIPS

以「き」的筆順先寫好「き」，接著在「き」的右下角加小字的「よ」。

「き[ㄎㄧ]」＋「よ[ㄧㄡ]」的結合音，羅馬拼音是kyo，發出像「ㄎㄧㄡ」這樣的聲音，類似台語「撿」的音。

唸一唸

先聽聽**CD**怎麼唸，再自己唸看看，最後自己寫一遍，邊寫邊唸，就能加強記憶。

今天
きょう
kyo —
ㄎㄧㄡ —

老師
きょうし
kyo — shi
ㄎㄧㄡ — ㄒㄧ

用功
べんきょう
be n kyo —
ㄅㄟ ㄣ ㄎㄧㄡ —

寫一寫

※注意筆順，筆順對了，才會寫得正確又漂亮。

143

kyo
羅馬讀音

ㄎㄧㄡ
ㄅㄆㄇ讀音

以「キ」的筆順先寫好「キ」，接著在「キ」的右下角加小字的「ヨ」。

「キ[ㄎㄧ]」＋「ヨ[ㄧㄡ]」的結合音，羅馬拼音是kyo，發出像「ㄎㄧㄡ」這樣的聲音，類似台語「撿」的音。

先聽聽CD怎麼唸，再自己唸看看，最後自己寫一遍，邊寫邊唸，就能加強記憶。

巨峰	鬼鬼祟祟	殭屍
キョホウ	キョドる	キョンシー
kyo ho u	kyo do ru	kyo n shi —
ㄎㄧㄡ ㄏㄡ ㄨ	ㄎㄧㄡ ㄉㄡ ㄌㄨ	ㄎㄧㄡ ㄣ ㄒㄧ —

※注意筆順，筆順對了，才會寫得正確又漂亮。

キ キョ キョ

sha
羅馬讀音

ㄒ
ㄧㄚ
ㄅㄆㄇ讀音

學習TIPS

以「し」的筆順先寫好「し」，接著在「し」的右下角加小字的「ゃ」。

「し[ㄒㄧ]」＋「や[ㄧㄚ]」的結合音，羅馬拼音是sha，發出像「ㄒㄧㄚ」這樣的聲音，類似「蝦」的音。

唸一唸

先聽聽**CD**怎麼唸，再自己唸看看，最後自己寫一遍，邊寫邊唸，就能加強記憶。

車庫	照片	聊天
しゃこ	しゃしん	しゃべる
sha ko	sha shi n	sha be ru
ㄒㄧㄚ ㄎㄡ	ㄒㄧㄚ ㄒㄧ ㄣ	ㄒㄧㄚ ㄅㄟ ㄌㄨ

※注意筆順，筆順對了，才會寫得正確又漂亮。

145

sha

羅馬讀音

ㄅㄆㄇ讀音

以「シ」的筆順先寫好「シ」，接著在「シ」的右下角加小字的「ャ」。

「シ[ㄒㄧ]」＋「ャ[ㄧㄚ]」的結合音，羅馬拼音是sha，發出像「ㄒㄧㄚ」這樣的聲音，類似「蝦」的音。

先聽聽**CD**怎麼唸，再自己唸看看，最後自己寫一遍，邊寫邊唸，就能加強記憶。

襯衫
シャツ
sha tsu
ㄒㄧㄚ ㄗ

洗髮精
シャンプー
sha n pu —
ㄒㄧㄚ ㄣ ㄆㄨ —

快門
シャッター
sha • ta —
ㄒㄧㄚ • ㄊㄚ —

※注意筆順，筆順對了，才會寫得正確又漂亮。

146

shu

ㄒㄧㄨ

羅馬讀音　　ㄅㄆㄇ讀音

學習TIPS

以「し」的筆順先寫好「し」，接著在「し」的右下角加小字的「ゆ」。

「し[ㄒㄧ]」＋「ゆ[ㄧㄨ]」的結合音，羅馬拼音是shu，發出像「ㄒㄧㄨ」這樣的聲音，類似「咻」的音。

唸一唸

先聽聽CD怎麼唸，再自己唸看看，最後自己寫一遍，邊寫邊唸，就能加強記憶。

嗜好	老公	歌手
しゅみ	しゅじん	かしゅ
shu mi	shu ji n	ka shu
ㄒㄧㄨ ㄇㄧ	ㄒㄧㄨ ㄐㄧ ㄣ	ㄎㄚ ㄒㄧㄨ

※注意筆順，筆順對了，才會寫得正確又漂亮。

147

shu
羅馬讀音

ㄅㄆㄇ讀音

以「シ」的筆順先寫好「シ」，接著在「シ」的右下角加小字的「ユ」。

「シ[ㄒㄧ]」＋「ユ[ㄧㄨ]」的結合音，羅馬拼音是shu，發出像「ㄒㄧㄨ」這樣的聲音，類似「咻」的音。

唸一唸

先聽聽CD怎麼唸，再自己唸看看，最後自己寫一遍，邊寫邊唸，就能加強記憶。

蜂擁	鞋子	燒賣
ラッシュ	シューズ	シューマイ
ra・shu	shu — zu	shu — ma i
ㄌㄚ・ㄒㄧㄨ	ㄒㄧㄨ — ㄗㄨ	ㄒㄧㄨ — ㄇㄚ ㄧ

※注意筆順，筆順對了，才會寫得正確又漂亮。

148

sho

羅馬讀音

ㄒㄧㄡ

ㄅㄆㄇㄈ讀音

以「し」的筆順先寫好「し」，接著在「し」的右下角加小字的「よ」。

「し[ㄒㄧ]」＋「よ[ㄧㄡ]」的結合音，羅馬拼音是sho，發出像「ㄒㄧㄡ」這樣的聲音，類似「秀」的音。

唸一唸

先聽聽**CD**怎麼唸，再自己唸看看，最後自己寫一遍，邊寫邊唸，就能加強記憶。

醬油	餐具	一起
しょうゆ	しょっき	いっしょ
sho — yu	sho・ki	i・sho
ㄒㄧㄡ — ㄧㄨ	ㄒㄧㄡ・ㄎㄧ	ㄧ・ㄒㄧㄡ

※注意筆順，筆順對了，才會寫得正確又漂亮。

149

sho

羅馬讀音

ㄅㄆㄇ讀音

以「シ」的筆順先寫好「シ」，接著在「シ」的右下角加小字的「ョ」。

「シ[ㄒㄧ]」＋「ヨ[ㄧㄡ]」的結合音，羅馬拼音是sho，發出像「ㄒㄧㄡ」這樣的聲音，類似「秀」的音。

先聽聽CD怎麼唸，再自己唸看看，最後自己寫一遍，邊寫邊唸，就能加強記憶。

展示	商店	逛街
ショー	ショップ	ショッピング
sho —	sho・pu	sho・pi n gu
ㄒㄡ —	ㄒㄡ・ㄆㄨ	ㄒㄡ・ㄆㄧ ㄣ ㄍㄨ

※注意筆順，筆順對了，才會寫得正確又漂亮。

cha

羅馬讀音

ㄑㄧㄚ

ㄅㄆㄇ讀音

以「ち」的筆順先寫好「ち」，接著在「ち」的右下角加小字的「ゃ」。

「ち[ㄑㄧ]」＋「や[ㄧㄚ]」的結合音，羅馬拼音是cha，發出像「ㄑㄧㄚ」這樣的聲音，類似「掐」的音。

唸一唸 先聽聽CD怎麼唸，再自己唸看看，最後自己寫一遍，邊寫邊唸，就能加強記憶。

紅茶	玩具	試穿
こうちゃ	おもちゃ	しちゃく
ko — cha	o mo cha	shi cha ku
ㄎㄡ — ㄑㄧㄚ	ㄡ ㄇㄡ ㄑㄧㄚ	ㄒㄧ ㄑㄧㄚ ㄎㄨ

※注意筆順，筆順對了，才會寫得正確又漂亮。

151

cha

羅馬讀音

ㄅㄆㄇ讀音

以「チ」的筆順先寫好「チ」，接著在「チ」的右下角加小字的「ャ」。

「チ[ㄑㄧ]」+「ヤ[ㄧㄚ]」的結合音，羅馬拼音是cha，發出像「ㄑㄧㄚ」這樣的聲音，類似「掐」的音。

先聽聽CD怎麼唸，再自己唸看看，最後自己寫一遍，邊寫邊唸，就能加強記憶。

機會	炒飯	冠軍
チャンス	チャーハン	チャンピオン
cha n su	cha — ha n	cha n pi o n
ㄑㄧㄚ ㄣ ㄙ	ㄑㄧㄚ — ㄏㄚ ㄣ	ㄑㄧㄚ ㄣ ㄆㄧ ㄡ ㄣ

※注意筆順，筆順對了，才會寫得正確又漂亮。

152

chu
羅馬讀音

ㄅㄆㄇ讀音

以「ち」的筆順先寫好「ち」，接著在「ち」的右下角加小字的「ゅ」。

「ち[ㄑㄧ]」＋「ゆ[ㄧㄨ]」的結合音，羅馬拼音是chu，發出像「ㄑㄧㄨ」這樣的聲音。

唸一唸 先聽聽CD怎麼唸，再自己唸看看，最後自己寫一遍，邊寫邊唸，就能加強記憶。

中學	訂購	注意
ちゅうがく	ちゅうもん	ちゅうい
chu — ga ku	chu — mo n	chu — i
ㄑㄨ — ㄍㄚ ㄎㄨ	ㄑㄨ — ㄇㄡ ㄣ	ㄑㄨ — ㄧ

※注意筆順，筆順對了，才會寫得正確又漂亮。

ち　ちゅ　ちゅ

153

chu

羅馬讀音

ㄑㄧㄨ

ㄅㄆㄇ讀音

片假名

以「チ」的筆順先寫好「チ」，接著在「チ」的右下角加小字的「ュ」。

「チ[ㄑㄧ]」＋「ユ[ㄧㄨ]」的結合音，羅馬拼音是chu，發出像「ㄑㄧㄨ」這樣的聲音。

先聽聽CD怎麼唸，再自己唸看看，最後自己寫一遍，邊寫邊唸，就能加強記憶。

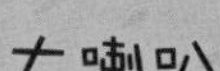

大喇叭	米酒	鬱金香
チューバ	ビーチュー	チューリップ
chu — ba	bi — chu —	chu — ri・pu
ㄑㄨ — ㄅㄚ	ㄅㄧ — ㄑㄨ —	ㄑㄨ — ㄌㄧ・ㄆㄨ

※注意筆順，筆順對了，才會寫得正確又漂亮。

ア行 カ行 サ行 タ行 ナ行 ハ行 マ行 ヤ行 ラ行 ワ行 其他

ちょ

cho
羅馬讀音

ㄅㄆㄇ讀音

以「ち」的筆順先寫好「ち」，接著在「ち」的右下角加小字的「ょ」。

「ち[ㄑㄧ]」＋「よ[ㄧㄡ]」的結合音，羅馬拼音是cho，發出像「ㄑㄧㄡ」這樣的聲音，類似「秋」的音。

唸一唸

先聽聽CD怎麼唸，再自己唸看看，最後自己寫一遍，邊寫邊唸，就能加強記憶。

蝴蝶	儲金	正好
ちょう	ちょきん	ちょうど
cho —	cho ki n	cho — do
ㄑㄡ —	ㄑㄡ ㄎㄧ ㄣ	ㄑㄡ — ㄉㄡ

※注意筆順，筆順對了，才會寫得正確又漂亮。

155

cho

羅馬讀音

ㄑㄡ

ㄅㄆㄇ讀音

以「チ」的筆順先寫好「チ」，接著在「チ」的右下角加小字的「ョ」。

「チ[ㄑㄧ]」+「ヨ[ㄧㄡ]」的結合音，羅馬拼音是cho，發出像「ㄑㄧㄡ」這樣的聲音，類似「秋」的音。

唸一唸 先聽聽**CD**怎麼唸，再自己唸看看，最後自己寫一遍，邊寫邊唸，就能加強記憶。

粉筆	選擇	巧克力
チョーク	チョイス	チョコレート
cho — ku	cho i su	cho ko re — to
ㄑㄡ — ㄎㄨ	ㄑㄡ ㄧ ㄙ	ㄑㄡ ㄎㄡ ㄌㄟ — ㄊㄡ

寫一寫 ※注意筆順，筆順對了，才會寫得正確又漂亮。

チ　チョ　チョ

nya

羅馬讀音

ㄅㄆㄇ讀音

以「に」的筆順先寫好「に」，接著在「に」的右下角加小字的「や」。

「に[ㄋㄧ]」＋「や[ㄧㄚ]」的結合音，羅馬拼音是nya，發出像「ㄋㄧㄚ」這樣的聲音。

唸一唸

先聽聽CD怎麼唸，再自己唸看看，最後自己寫一遍，邊寫邊唸，就能加強記憶。

蒟蒻

こんにゃく

ko n nya ku

ㄎㄡ ㄣ ㄋㄧㄚ ㄎㄨ

貓叫聲

にゃあにゃあ

nya — nya —

ㄋㄧㄚ — ㄋㄧㄚ —

※注意筆順，筆順對了，才會寫得正確又漂亮。

あ行 か行 さ行 た行 な行 は行 ま行 や行 ら行 濁音 半濁音 拗音

ニャ

nya

羅馬讀音

ㄋㄧㄚ

ㄅㄆㄇ讀音

以「二」的筆順先寫好「二」，接著在「二」的右下角加小字的「ャ」。

「二[ㄋㄧ]」＋「ャ[ㄧㄚ]」的結合音，羅馬拼音是nya，發出像「ㄋㄧㄚ」這樣的聲音。

先聽聽CD怎麼唸，再自己唸看看，最後自己寫一遍，邊寫邊唸，就能加強記憶。

越南芽莊（地名）
ニャクラ
nya ku ra
ㄋㄧㄚ ㄎㄨ ㄌㄚ

加泰羅尼亞（西班牙地名）
カタルーニャ
ka ta ru — nya
ㄎㄚ ㄊㄚ ㄌㄨ — ㄋㄧㄚ

羅瑪納諾（義大利地名）
ロマニャーノ
ro ma nya no
ㄌㄡ ㄇㄚ ㄋㄧㄚ — ㄋㄡ

※注意筆順，筆順對了，才會寫得正確又漂亮。

平假名

あ行 か行 さ行 た行 な行 は行 ま行 や行 ら行 濁音 半濁音 拗音

158

にゅ

nyu
羅馬讀音

ㄋㄧㄨ
ㄅㄆㄇ讀音

學習TIPS

以「に」的筆順先寫好「に」，接著在「に」的右下角加小字的「ゅ」。

「に[ㄋㄧ]」＋「ゆ[ㄧㄨ]」的結合音，羅馬拼音是nyu，發出像「ㄋㄧㄨ」這樣的聲音，類似英文「new」的音。

唸一唸

先聽聽CD怎麼唸，再自己唸看看，最後自己寫一遍，邊寫邊唸，就能加強記憶。

住院	入學	牛乳
にゅういん	にゅうがく	ぎゅうにゅう
nyu — i n	nyu — ga ku	gyu — nyu —
ㄋㄧㄨ — ㄧ ㄣ	ㄋㄧㄨ — ㄍㄚ ㄎㄨ	ㄍㄧㄨ — ㄋㄧㄨ —

※注意筆順，筆順對了，才會寫得正確又漂亮。

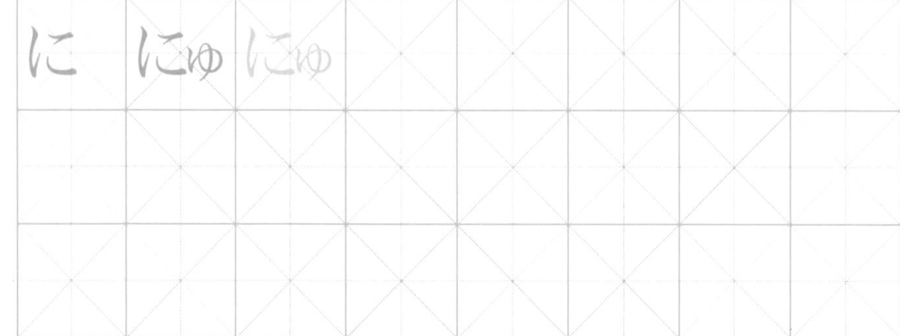

159

nyu

羅馬讀音

ㄋㄧㄨ

ㄅㄆㄇ讀音

以「二」的筆順先寫好「二」，接著在「二」的右下角加小字的「ュ」。

「二[ㄋㄧ]」＋「ユ[ㄧㄨ]」的結合音，羅馬拼音是nyu，發出像「ㄋㄧㄨ」這樣的聲音，類似英文「new」的音。

唸一唸

先聽聽**CD**怎麼唸，再自己唸看看，最後自己寫一遍，邊寫邊唸，就能加強記憶。

菜單	新聞	紐約
メニュー	ニュース	ニューヨーク
me nyu —	nyu — su	nyu — yo — ku
ㄇㄟ ㄋㄧㄡ —	ㄋㄧㄡ — ㄙ	ㄋㄧㄡ — ㄧㄡ — ㄎㄡ

※注意筆順，筆順對了，才會寫得正確又漂亮。

にょ

nyo 羅馬讀音

ㄋㄧㄡ ㄅㄆㄇ讀音

以「に」的筆順先寫好「に」，接著在「に」的右下角加小字的「ょ」。

「に[ㄋㄧ]」＋「よ[ㄧㄡ]」的結合音，羅馬拼音是nyo，發出像「ㄋㄧㄡ」這樣的聲音，類似「妞」的音。

唸一唸 先聽聽**CD**怎麼唸，再自己唸看看，最後自己寫一遍，邊寫邊唸，就能加強記憶。

如意	天仙	老婆
にょい	てんにょ	にょうぼう
nyo i	te n nyo	nyo — bo —
ㄋㄧㄡ ㄧ	ㄊㄝ ㄣ ㄋㄧㄡ	ㄋㄧㄡ — ㄅㄡ —

※注意筆順，筆順對了，才會寫得正確又漂亮。

161

片假名

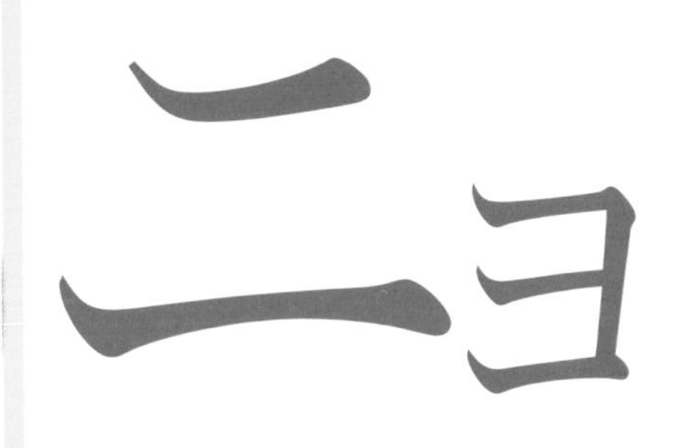

以「ニ」的筆順先寫好「ニ」，接著在「ニ」的右下角加小字的「ョ」。

「ニ[ㄋㄧ]」＋「ヨ[ㄧㄡ]」的結合音，羅馬拼音是nyo，發出像「ㄋㄧㄡ」這樣的聲音，類似「妞」的音。

唸一唸

先聽聽CD怎麼唸，再自己唸看看，最後自己寫一遍，邊寫邊唸，就能加強記憶。

義大利麵疙瘩	越南魚醬	居紐（人名）
ニョッキ	ニョクマン	キュニョー
nyo • ki	nyo ku ma n	kyu nyo —
ㄋㄧㄡ • ㄎㄧ	ㄋㄧㄡ ㄎㄨ ㄇㄚ ㄣ	ㄎㄧㄨ ㄋㄧㄡ —

※注意筆順，筆順對了，才會寫得正確又漂亮。

ア行 カ行 サ行 タ行 ナ行 ハ行 マ行 ヤ行 ラ行 ワ行 其他

hya

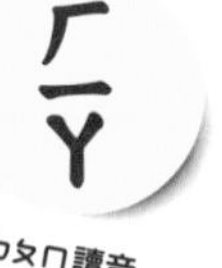

羅馬讀音　　ㄅㄆㄇ讀音

以「ひ」的筆順先寫好「ひ」，接著在「ひ」的右下角加小字的「ゃ」。

「ひ[ㄏㄧ]」＋「や[ㄧㄚ]」的結合音，羅馬拼音是hya，發出像「ㄏㄧㄚ」這樣的聲音。

唸一唸

先聽聽CD怎麼唸，再自己唸看看，最後自己寫一遍，邊寫邊唸，就能加強記憶。

一百	百科	百貨公司
ひゃく	ひゃっか	ひゃっかてん
hya ku	hya・ka	hya・ka te n
ㄏㄧㄚ ㄎㄨ	ㄏㄧㄚ・ㄎㄚ	ㄏㄧㄚ・ㄎㄚ ㄊㄟ ㄣ

※注意筆順，筆順對了，才會寫得正確又漂亮。

hya

羅馬讀音

ㄅㄆㄇ讀音

以「ヒ」的筆順先寫好「ヒ」，接著在「ヒ」的右下角加小字的「ャ」。

「ヒ[ㄏㄧ]」＋「ヤ[ㄧㄚ]」的結合音，羅馬拼音是hya，發出像「ㄏㄧㄚ」這樣的聲音。

先聽聽CD怎麼唸，再自己唸看看，最後自己寫一遍，邊寫邊唸，就能加強記憶。

百元商店

ヒャッキン

hya・ki n

ㄏㄧㄚ・ㄎㄧ ㄣ

百步蛇

ヒャッポダ

hya・po da

ㄏㄧㄚ・ㄆㄡ ㄉㄚ

※注意筆順，筆順對了，才會寫得正確又漂亮。

ヒ	ヒャ	ヒャ					

164

hyu

羅馬讀音

ㄅㄆㄇ讀音

以「ひ」的筆順先寫好「ひ」，接著在「ひ」的右下角加小字的「ゅ」。

「ひ[ㄏㄧ]」＋「ゆ[ㄧㄨ]」的結合音，羅馬拼音是hyu，發出像「ㄏㄧㄨ」這樣的聲音。

唸一唸

先聽聽CD怎麼唸，再自己唸看看，最後自己寫一遍，邊寫邊唸，就能加強記憶。

咻咻的（風吹的聲音）
ひゅうひゅう
hyu — hyu —

日向市（日本地名）
ひゅうがし
hyu — ga shi

小葉瑞木（花名）
ひゅうがみずき
hyu — ga mi zu ki

寫一寫

※注意筆順，筆順對了，才會寫得正確又漂亮。

hyu

羅馬讀音

ㄏㄧㄨ

ㄅㄆㄇ讀音

以「ヒ」的筆順先寫好「ヒ」，接著在「ヒ」的右下角加小字的「ュ」。

「ヒ[ㄏㄧ]」＋「ユ[ㄧㄨ]」的結合音，羅馬拼音是hyu，發出像「ㄏㄧㄨ」這樣的聲音。

先聽聽CD怎麼唸，再自己唸看看，最後自己寫一遍，邊寫邊唸，就能加強記憶。

保險絲	休士頓	人類的
ヒューズ	ヒューストン	ヒューマン
hyu — zu	hyu — su to n	hyu — ma n
ㄏㄧㄨ — ㄗㄨ	ㄏㄧㄨ — ㄙ ㄊㄡ ㄣ	ㄏㄧㄨ — ㄇㄚ ㄣ

※注意筆順，筆順對了，才會寫得正確又漂亮。

ヒ	ヒュ	ヒュ					

ア行 カ行 サ行 タ行 ナ行 ハ行 マ行 ヤ行 ラ行 ワ行 其他

166

hyo

羅馬讀音

ㄅㄆㄇ讀音

以「ひ」的筆順先寫好「ひ」，接著在「ひ」的右下角加小字的「ょ」。

「ひ[ㄏㄧ]」＋「よ[ㄧㄡ]」的結合音，羅馬拼音是hyo，發出像「ㄏㄧㄡ」這樣的聲音。

唸一唸

先聽聽**CD**怎麼唸，再自己唸看看，最後自己寫一遍，邊寫邊唸，就能加強記憶。

表皮、封面	表情	萬一
ひょうし	ひょうじょう	ひょっとして
hyo — shi	hyo — jo —	hyo・to shi te
ㄏㄧㄡ — ㄒㄧ	ㄏㄧㄡ — ㄐㄧㄡ —	ㄏㄧㄡ・ㄊㄡ ㄒㄧ ㄊㄝ

※注意筆順，筆順對了，才會寫得正確又漂亮。

以「ヒ」的筆順先寫好「ヒ」，接著在「ヒ」的右下角加小字的「ョ」。

「ヒ[ㄏㄧ]」＋「ヨ[ㄧㄡ]」的結合音，羅馬拼音是hyo，發出像「ㄏㄧㄡ」這樣的聲音。

先聽聽CD怎麼唸，再自己唸看看，最後自己寫一遍，邊寫邊唸，就能加強記憶。

花豹	瓢簞
ヒョウ	ヒョウタン
hyo u	hyo u ta n
ㄏㄧㄡ ㄨ	ㄏㄧㄡ ㄨ ㄊㄚ ㄣ

※注意筆順，筆順對了，才會寫得正確又漂亮。

ヒ　ヒョ　ヒョ

平假名

あ行 か行 さ行 た行 な行 は行 ま行 や行 ら行 濁音 半濁音 拗音

ㄇ
一
ㄚ

ㄅㄆㄇ讀音

學習TIPS

以「み」的筆順先寫好「み」，接著在「み」的右下角加小字的「ゃ」。

「み[ㄇ一]」＋「や[一ㄚ]」的結合音，羅馬拼音是mya，發出像「ㄇ一ㄚ」這樣的聲音。

先聽聽CD怎麼唸，再自己唸看看，最後自己寫一遍，邊寫邊唸，就能加強記憶。

脈搏	把脈	山脈
みゃく	みゃくしん	さんみゃく
mya ku	mya ku shi n	sa n mya ku
ㄇㄚ ㄎㄨ	ㄇㄚ ㄎㄨ ㄒ一 ㄣ	ㄙㄚ ㄣ ㄇㄚ ㄎㄨ

寫一寫 ※注意筆順，筆順對了，才會寫得正確又漂亮。

169

mya
羅馬讀音

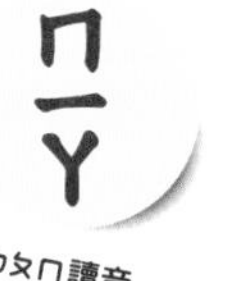

ㄇㄧㄚ
ㄅㄆㄇ讀音

以「ミ」的筆順先寫好「ミ」，接著在「ミ」的右下角加小字的「ャ」。

「ミ[ㄇㄧ]」＋「ヤ[ㄧㄚ]」的結合音，羅馬拼音是mya，發出像「ㄇㄧㄚ」這樣的聲音。

先聽聽**CD**怎麼唸，再自己唸看看，最後自己寫一遍，邊寫邊唸，就能加強記憶。

苗族	緬甸	貓叫聲
ミャオ	ミャンマー	ミャーオ
mya o	mya n ma —	mya — o
ㄇㄧㄚ ㄡ	ㄇㄧㄚ ㄣ ㄇㄚ —	ㄇㄧㄚ — ㄡ

※注意筆順，筆順對了，才會寫得正確又漂亮。

ミ　ミャ　ミャ

平假名

あ行 か行 さ行 た行 な行 は行 ま行 や行 ら行 濁音 半濁音 拗音

170

myu

羅馬讀音

ㄇㄧㄨ

ㄅㄆㄇ讀音

學習TIPS

以「み」的筆順先寫好「み」，接著在「み」的右下角加小字的「ゅ」。

「み[ㄇㄧ]」＋「ゆ[ㄧㄨ]」的結合音，羅馬拼音是myu，發出像「ㄇㄧㄨ」這樣的聲音。

唸一唸

先聽聽CD怎麼唸，再自己唸看看，最後自己寫一遍，邊寫邊唸，就能加強記憶。

美勇士（人名）

みゅうじ

myu — ji

ㄇㄧㄨ — ㄐㄧ

大豆生田（人名）

おおまみゅうだ

o — ma myu — da

ㄡ — ㄇㄚ ㄇㄧㄨ — ㄉㄚ

※注意筆順，筆順對了，才會寫得正確又漂亮。

171

myu
羅馬讀音

ㄇㄧㄨ
ㄅㄆㄇ讀音

以「ミ」的筆順先寫好「ミ」，接著在「ミ」的右下角加小字的「ュ」。

「ミ[ㄇㄧ]」＋「ユ[ㄧㄨ]」的結合音，羅馬拼音是myu，發出像「ㄇㄧㄨ」這樣的聲音。

先聽聽CD怎麼唸，再自己唸看看，最後自己寫一遍，邊寫邊唸，就能加強記憶。

繆思	慕尼黑	音樂
ミューズ	ミュンヘン	ミュージック
myu — zu	myu n he n	myu — ji・ku
ㄇㄧㄨ — ㄗㄨ	ㄇㄧㄨ ㄣ ㄏㄝ ㄣ	ㄇㄧㄨ — ㄐㄧ・ㄎㄨ

※注意筆順，筆順對了，才會寫得正確又漂亮。

ミ ミュ ミュ

172

myo
羅馬讀音

ㄇㄡ
ㄅㄆㄇ讀音

以「み」的筆順先寫好「み」，接著在「み」的右下角加小字的「よ」。

「み[ㄇㄧ]」＋「よ[ㄧㄡ]」的結合音，羅馬拼音是myo，發出像「ㄇㄧㄡ」這樣的聲音。

唸一唸 先聽聽CD怎麼唸，再自己唸看看，最後自己寫一遍，邊寫邊唸，就能加強記憶。

奇妙	名利	絕妙
みょう	みょうり	ぜつみょう
myo —	myo — ri	ze tsu myo —
ㄇㄡ —	ㄇㄡ — ㄌㄧ	ㄗㄟ ㄗ ㄇㄡ —

寫一寫 ※注意筆順，筆順對了，才會寫得正確又漂亮。

片假名

myo

羅馬讀音

ㄇㄧㄡ

ㄅㄆㄇ讀音

以「ミ」的筆順先寫好「ミ」，接著在「ミ」的右下角加小字的「ョ」。

「ミ[ㄇㄧ]」＋「ヨ[ㄧㄡ」的結合音，羅馬拼音是myo，發出像「ㄇㄧㄡ」這樣的聲音。

唸一唸

先聽聽CD怎麼唸，再自己唸看看，最後自己寫一遍，邊寫邊唸，就能加強記憶。

明礬

ミョーバン

myo — ba n

ㄇㄧㄡ — ㄅㄚ ㄣ

米約薩湖

ミョーサ湖（こ）

myo — sa ko

ㄇㄧㄡ — ㄙㄚ ㄎㄡ

寫一寫

※注意筆順，筆順對了，才會寫得正確又漂亮。

ミ　ミョ　ミョ

ア行　カ行　サ行　タ行　ナ行　ハ行　マ行　ヤ行　ラ行　ワ行　其他

174

rya

羅馬讀音

ㄌㄧㄚ

ㄅㄆㄇ讀音

學習TIPS

以「り」的筆順先寫好「り」，接著在「り」的右下角加小字的「ゃ」。

「り[ㄌㄧ]」＋「や[ㄧㄚ]」的結合音，羅馬拼音是rya，發出像「ㄌㄧㄚ」這樣的聲音。

唸一唸

先聽聽**CD**怎麼唸，再自己唸看看，最後自己寫一遍，邊寫邊唸，就能加強記憶。

省略

りゃく
rya ku
ㄌㄧㄚ ㄎㄨ

概略

がいりゃく
ga i rya ku
ㄍㄚ ㄧ ㄌㄧㄚ ㄎㄨ

戰略

せんりゃく
se n rya ku
ㄙㄟ ㄣ ㄌㄧㄚ ㄎㄨ

寫一寫

※注意筆順，筆順對了，才會寫得正確又漂亮。

175

rya

羅馬讀音

ㄅㄆㄇ讀音

片假名

ア行 カ行 サ行 タ行 ナ行 ハ行 マ行 ヤ行 ラ行 ワ行 其他

以「リ」的筆順先寫好「リ」，接著在「リ」的右下角加小字的「ヤ」。

「リ[ㄌㄧ]」＋「ヤ[ㄧㄚ]」的結合音，羅馬拼音是rya，發出像「ㄌㄧㄚ」這樣的聲音。

唸一唸

先聽聽**CD**怎麼唸，再自己唸看看，最後自己寫一遍，邊寫邊唸，就能加強記憶。

美州駝

リャマ

rya ma

ㄌㄚ ㄇㄚ

卡拉里
（義大利城市）

カリャリ

ka rya ri

ㄎㄚ ㄌㄚ ㄌㄧ

寫一寫

※注意筆順，筆順對了，才會寫得正確又漂亮。

リ	リャ	リャ					

りゅ

ryu
羅馬讀音

ㄌㄧㄨ
ㄅㄆㄇ讀音

學習TIPS

以「り」的筆順先寫好「り」，接著在「り」的右下角加小字的「ゆ」。

「り[ㄌㄧ]」＋「ゆ[ㄧㄨ]」的結合音，羅馬拼音是ryu，發出像「ㄌㄧㄨ」這樣的聲音。

唸一唸

先聽聽**CD**怎麼唸，再自己唸看看，最後自己寫一遍，邊寫邊唸，就能加強記憶。

龍眼
りゅうがん
ryu — ga n
ㄌㄧㄨ — ㄍㄚ ㄣ

留學
りゅうがく
ryu — ga ku
ㄌㄧㄨ — ㄍㄚ ㄎㄨ

流行
りゅうこう
ryu — ko —
ㄌㄧㄨ — ㄎㄡ —

※注意筆順，筆順對了，才會寫得正確又漂亮。

ryu

羅馬讀音

ㄅㄆㄇ讀音

以「リ」的筆順先寫好「リ」，接著在「リ」的右下角加小字的「ュ」。

「リ[ㄌㄧ]」＋「ユ[ㄧㄨ]」的結合音，羅馬拼音是ryu，發出像「ㄌㄧㄨ」這樣的聲音。

先聽聽**CD**怎麼唸，再自己唸看看，最後自己寫一遍，邊寫邊唸，就能加強記憶。

小雪橇	魯特琴
リュージュ	リュート
ryu — ju	ryu — to
ㄌㄧㄨ — ㄐㄧㄨ	ㄌㄧㄨ — ㄊㄡ

※注意筆順，筆順對了，才會寫得正確又漂亮。

平假名

あ行 か行 さ行 た行 な行 は行 ま行 や行 ら行 濁音 半濁音 拗音

178

りょ

ryo 羅馬讀音

ㄌㄧㄡ ㄅㄆㄇ讀音

學習TIPS

以「り」的筆順先寫好「り」，接著在「り」的右下角加小字的「ょ」。

「り[ㄌㄧ]」＋「よ[ㄧㄡ]」的結合音，羅馬拼音是ryo，發出像「ㄌㄧㄡ」這樣的聲音，類似「溜」的音。

唸一唸

先聽聽**CD**怎麼唸，再自己唸看看，最後自己寫一遍，邊寫邊唸，就能加強記憶。

飯館	護照	兌換幣別
りょうてい	りょけん	りょうがえ
ryo — te —	ryo ke n	ryo — ga e
ㄌㄧㄡ — ㄊㄟ —	ㄌㄧㄡ ㄎㄟ ㄣ	ㄌㄧㄡ — ㄍㄚ ㄝ

※注意筆順，筆順對了，才會寫得正確又漂亮。

179

ryo

羅馬讀音

ㄅㄆㄇ讀音

片假名

以「リ」的筆順先寫好「リ」，接著在「リ」的右下角加小字的「ョ」。

「リ[ㄌㄧ]」＋「ョ[ㄧㄡ]」的結合音，羅馬拼音是ryo，發出像「ㄌㄧㄡ」這樣的聲音，類似「溜」的音。

先聽聽CD怎麼唸，再自己唸看看，最後自己寫一遍，邊寫邊唸，就能加強記憶。

RYOBI LIMITED（公司名）

リョービ

ryo — bi

ㄌㄧㄡ — ㄅㄧ

價值

バリョー

ba ryo —

ㄅㄚ ㄌㄧㄡ —

※注意筆順，筆順對了，才會寫得正確又漂亮。

ア行 カ行 サ行 タ行 ナ行 ハ行 マ行 ヤ行 ラ行 ワ行 其他

180

gya

羅馬讀音

ㄍㄧㄚ

ㄅㄆㄇ讀音

學習TIPS

以「ぎ」的筆順先寫好「ぎ」，接著在「ぎ」的右下角加小字的「ゃ」。

「ぎ[ㄍㄧ]」＋「ゃ[ㄧㄚ]」的結合音，羅馬拼音是gya，發出像「ㄍㄧㄚ」這樣的聲音。

唸一唸

先聽聽CD怎麼唸，再自己唸看看，最後自己寫一遍，邊寫邊唸，就能加強記憶。

厄運	逆轉	頭暈
ぎゃくうん	ぎゃくてん	ぎゃくじょう
gya ku u n	gya ku te n	gya ku jo —
ㄍㄧㄚ ㄎㄨ ㄨ ㄣ	ㄍㄧㄚ ㄎㄨ ㄊㄝ ㄣ	ㄍㄧㄚ ㄎㄨ ㄐㄧㄡ —

寫一寫 ※注意筆順，筆順對了，才會寫得正確又漂亮。

gya

羅馬讀音

ㄅㄆㄇ讀音

以「ギ」的筆順先寫好「ギ」，接著在「ギ」的右下角加小字的「ャ」。

「ギ[ㄍㄧ]」＋「ヤ[ㄧㄚ]」的結合音，羅馬拼音是gya發出像「ㄍㄧㄚ」這樣的聲音。

唸一唸

先聽聽CD怎麼唸，再自己唸看看，最後自己寫一遍，邊寫邊唸，就能加強記憶。

噱頭	裂縫	畫廊
ギャグ	ギャップ	ギャラリー
gya gu	gya・pu	gya ra ri —
ㄍㄚ ㄍㄨ	ㄍㄚ・ㄆㄨ	ㄍㄚ ㄌㄚ ㄌㄧ —

※注意筆順，筆順對了，才會寫得正確又漂亮。

ア行 カ行 サ行 タ行 ナ行 ハ行 マ行 ヤ行 ラ行 ワ行 其他

gyu

羅馬讀音

ㄅㄆㄇ讀音

學習TIPS

以「ぎ」的筆順先寫好「ぎ」，接著在「ぎ」的右下角加小字的「ゅ」。

「ぎ[ㄍㄧ]」+「ゆ[ㄧㄨ]」的結合音，羅馬拼音是gyu，發出像「ㄍㄧㄨ」這樣的聲音。

唸一唸

先聽聽CD怎麼唸，再自己唸看看，最後自己寫一遍，邊寫邊唸，就能加強記憶。

水牛	牛丼	牛肉
すいぎゅう	ぎゅうどん	ぎゅうにく
su i gyu —	gyu — do n	gyu — ni ku
ㄙ ㄧ ㄍㄧㄨ —	ㄍㄧㄨ — ㄉㄡ ㄣ	ㄍㄧㄨ — ㄋㄧ ㄎㄨ

※注意筆順，筆順對了，才會寫得正確又漂亮。

183

gyu
羅馬讀音

ㄍㄧㄨ
ㄅㄆㄇ讀音

以「ギ」的筆順先寫好「ギ」，接著在「ギ」的右下角加小字的「ユ」。

「ギ[ㄍㄧ]」＋「ユ[ㄧㄨ]」的結合音，羅馬拼音是gyu，發出像「ㄍㄧㄨ」這樣的聲音。

先聽聽CD怎麼唸，再自己唸看看，最後自己寫一遍，邊寫邊唸，就能加強記憶。

暗礁	樹膠	荷蘭盾
ギュヨー	ギュムミ	ギュルデン
gyu yo —	gyu mu mi	gyu ru de n
ㄍㄧㄨ ㄧㄡ —	ㄍㄧㄨ ㄇㄨ ㄇㄧ	ㄍㄧㄨ ㄌㄨ ㄉㄟ ㄣ

※注意筆順，筆順對了，才會寫得正確又漂亮。

ギ ギュ ギュ

184

gyo

羅馬讀音

ㄅㄆㄇ讀音

以「ぎ」的筆順先寫好「ぎ」，接著在「ぎ」的右下角加小字的「ょ」。

「ぎ[ㄍㄧ]」＋「よ[ㄧㄡ]」的結合音，羅馬拼音是gyo，發出像「ㄍㄧㄡ」這樣的聲音。

唸一唸

先聽聽CD怎麼唸，再自己唸看看，最後自己寫一遍，邊寫邊唸，就能加強記憶。

商業	禮貌	營業
しょうぎょう	ぎょうぎ	えいぎょう
sho — gyo —	gyo — gi	e — gyo —
ㄒㄧㄡ — ㄍㄧㄡ —	ㄍㄧㄡ — ㄍㄧ	ㄝ — ㄍㄧㄡ —

※注意筆順，筆順對了，才會寫得正確又漂亮。

185

ギョ

gyo
羅馬讀音

ㄍㄧㄡ
ㄅㄆㄇ讀音

以「ギ」的筆順先寫好「ギ」，接著在「ギ」的右下角加小字的「ョ」。

「ギ[ㄍㄧ]」＋「ョ[ㄧㄡ]」的結合音，羅馬拼音是gyo，發出像「ㄍㄧㄡ」這樣的聲音。

先聽聽**CD**怎麼唸，再自己唸看看，最後自己寫一遍，邊寫邊唸，就能加強記憶。

餃子	金魚	閘刀式剪切機
ギョーザ	**キンギョ**	**ギョチン**
gyo — za	ki n gyo	gyo chi n
ㄍㄧㄡ — ㄗㄚ	ㄎㄧ ㄣ ㄍㄧㄡ	ㄍㄧㄡ ㄑㄧ ㄣ

※注意筆順，筆順對了，才會寫得正確又漂亮。

ア行 カ行 サ行 タ行 ナ行 ハ行 マ行 ヤ行 ラ行 ワ行 其他

186

ja

羅馬讀音

ㄐ
ㄧㄚ

ㄅㄆㄇ讀音

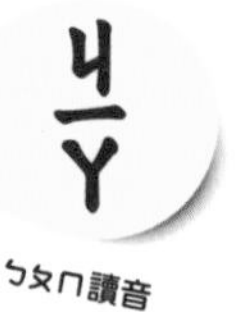

以「じ」的筆順先寫好「じ」，接著在「じ」的右下角加小字的「ゃ」。

「じ[ㄐㄧ]」＋「や[ㄧㄚ]」的結合音，羅馬拼音是ja，發出像「ㄐㄧㄚ」這樣的聲音。

唸一唸

先聽聽**CD**怎麼唸，再自己唸看看，最後自己寫一遍，邊寫邊唸，就能加強記憶。

水龍頭	神社	弱點
じゃぐち	じんじゃ	じゃくてん
ja gu chi	ji n ja	ja ku te n
ㄐㄧㄚ ㄍㄨ ㄑㄧ	ㄐㄧ ㄣ ㄐㄧㄚ	ㄐㄧㄚ ㄎㄨ ㄊㄝ ㄣ

※注意筆順，筆順對了，才會寫得正確又漂亮。

187

ja

羅馬讀音

ㄅㄆㄇ讀音

學習TIPS

以「ジ」的筆順先寫好「ジ」，接著在「ジ」的右下角加小字的「ャ」。

「ジ[ㄐㄧ]」＋「ャ[ㄧㄚ]」的結合音，羅馬拼音是ja，發出像「ㄐㄧㄚ」這樣的聲音。

唸一唸

先聽聽**CD**怎麼唸，再自己唸看看，最後自己寫一遍，邊寫邊唸，就能加強記憶。

爵士	熱水瓶	果醬
ジャズ	ジャー	ジャム
ja zu	ja —	ja mu
ㄐㄚ ㄗㄨ	ㄐㄚ —	ㄐㄚ ㄇㄨ

寫一寫

※注意筆順，筆順對了，才會寫得正確又漂亮。

188

ju
羅馬讀音

ㄐㄧㄨ
ㄅㄆㄇ讀音

以「じ」的筆順先寫好「じ」，接著在「じ」的右下角加小字的「ゅ」。

「じ[ㄐㄧ]」＋「ゆ[ㄧㄨ]」的結合音，羅馬拼音是ju，發出像「ㄐㄧㄨ」這樣的聲音。

唸一唸 先聽聽CD怎麼唸，再自己唸看看，最後自己寫一遍，邊寫邊唸，就能加強記憶。

住址	珍珠	重要
じゅうしょ	しんじゅ	じゅうよう
ju — sho	shi n ju	ju — yo —
ㄐㄧㄨ — ㄒㄧㄡ	ㄒㄧ ㄣ ㄐㄧㄨ	ㄐㄧㄨ — ㄧㄡ —

※注意筆順，筆順對了，才會寫得正確又漂亮。

ju
羅馬讀音

ㄅㄆㄇ讀音

以「ジ」的筆順先寫好「ジ」，接著在「ジ」的右下角加小字的「ユ」。

「ジ[ㄐㄧ]」＋「ユ[ㄧㄨ」的結合音，羅馬拼音是ju，發出像「ㄐㄧㄨ」這樣的聲音。

先聽聽CD怎麼唸，再自己唸看看，最後自己寫一遍，邊寫邊唸，就能加強記憶。

果汁	休閒的	年少的
ジュース	カジュアル	ジュニア
ju — su	ka ju a ru	ju ni a
ㄐㄨ — ㄙ	ㄎㄚ ㄐㄨ ㄚ ㄌㄨ	ㄐㄨ ㄋㄧ ㄚ

※注意筆順，筆順對了，才會寫得正確又漂亮。

190

jo
羅馬讀音

ㄐㄡ
ㄅㄆㄇ讀音

以「じ」的筆順先寫好「じ」，接著在「じ」的右下角加小字的「ょ」。

「じ[ㄐㄧ]」＋「よ[ㄧㄡ]」的結合音，羅馬拼音是jo，發出像「ㄐㄧㄡ」這樣的聲音。

唸一唸

先聽聽CD怎麼唸，再自己唸看看，最後自己寫一遍，邊寫邊唸，就能加強記憶。

帳單	開玩笑	附近
かんじょう	じょうだん	きんじょ
ka n jo —	jo — da n	ki n jo
ㄎㄚ ㄣ ㄐㄡ —	ㄐㄡ — ㄉㄚ ㄣ	ㄎㄧ ㄣ ㄐㄡ

※注意筆順，筆順對了，才會寫得正確又漂亮。

jo
羅馬讀音

ㄐㄧㄡ
ㄅㄆㄇ讀音

以「ジ」的筆順先寫好「ジ」，接著在「ジ」的右下角加小字的「ヨ」。

「ジ[ㄐㄧ]」＋「ヨ[ㄧㄡ]」的結合音，羅馬拼音是jo，發出像「ㄐㄧㄡ」這樣的聲音。

唸一唸 先聽聽**CD**怎麼唸，再自己唸看看，最後自己寫一遍，邊寫邊唸，就能加強記憶。

笑話	騎師	慢跑
ジョーク	**ジョッキー**	**ジョギング**
jo — ku	jo • ki —	jo gi n gu
ㄐㄧㄡ — ㄎㄨ	ㄐㄧㄡ • ㄎㄧ —	ㄐㄧㄡ ㄍㄧ ㄣ ㄍㄨ

※注意筆順，筆順對了，才會寫得正確又漂亮。

192

びゃ

bya
羅馬讀音

ㄅ一ㄚ
ㄅㄆㄇ讀音

以「び」的筆順先寫好「び」，接著在「び」的右下角加小字的「ゃ」。

「び[ㄅ一]」＋「や[一ㄚ]」的結合音，羅馬拼音是bya，發出像「ㄅ一ㄚ」這樣的聲音。

唸一唸 先聽聽CD怎麼唸，再自己唸看看，最後自己寫一遍，邊寫邊唸，就能加強記憶。

黑白	白芷	白衣
こくびゃく	びゃくし	びゃくえ
ko ku bya ku	bya ku shi	bya ku e
ㄎㄡ ㄎㄨ ㄅ一ㄚ ㄎㄨ	ㄅ一ㄚ ㄎㄨ ㄒ一	ㄅ一ㄚ ㄎㄨ ㄝ

寫一寫 ※注意筆順，筆順對了，才會寫得正確又漂亮。

193

bya

羅馬讀音

ㄅㄧㄚ

ㄅㄆㄇ讀音

片假名

以「ビ」的筆順先寫好「ビ」，接著在「ビ」的右下角加小字的「ャ」。

「ビ[ㄅㄧ]」＋「ャ[ㄧㄚ]」的結合音，羅馬拼音是bya，發出像「ㄅㄧㄚ」這樣的聲音。

唸一唸

先聽聽**CD**怎麼唸，再自己唸看看，最後自己寫一遍，邊寫邊唸，就能加強記憶。

Bia River 比亞河

ビャワがわ

bya wa ga wa

ㄅㄧㄚ ㄨㄚ ㄍㄚ ㄨㄚ

白檀（花名）

ビャクダン

bya ku da n

ㄅㄧㄚ ㄎㄨ ㄉㄚ ㄣ

寫一寫

※注意筆順，筆順對了，才會寫得正確又漂亮。

ビ　ビャ　ビャ

ア行 カ行 サ行 タ行 ナ行 ハ行 マ行 ヤ行 ラ行 ワ行 其他

194

byu
羅馬讀音

ㄅㄧㄨ
ㄅㄆㄇ讀音

以「び」的筆順先寫好「び」，接著在「び」的右下角加小字的「ゅ」。

「び[ㄅㄧ]」＋「ゆ[ㄧㄨ]」的結合音，羅馬拼音是byu，發出像「ㄅㄧㄨ」這樣的聲音。

唸一唸

先聽聽CD怎麼唸，再自己唸看看，最後自己寫一遍，邊寫邊唸，就能加強記憶。

錯誤見解	誤傳	謬論
びゅうけん	びゅうでん	びゅうろん
byu — ke n	byu — de n	byu — ro n
ㄅㄧㄨ — ㄎㄟ ㄣ	ㄅㄧㄨ — ㄉㄟ ㄣ	ㄅㄧㄨ — ㄌㄡ ㄣ

※注意筆順，筆順對了，才會寫得正確又漂亮。

195

byu

羅馬讀音

ㄅㄧㄨ

ㄅㄆㄇ讀音

片假名

以「ビ」的筆順先寫好「ビ」，接著在「ビ」的右下角加小字的「ュ」。

「ビ[ㄅㄧ]」＋「ユ[ㄧㄨ]」的結合音，羅馬拼音是byu，發出像「ㄅㄧㄨ」這樣的聲音。

先聽聽CD怎麼唸，再自己唸看看，最後自己寫一遍，邊寫邊唸，就能加強記憶。

觀察	無肩帶胸罩	美麗
ビュー	ビュスチエ	ビューティー
byu —	byu su chi e	byu — ti —
ㄅㄧㄨ —	ㄅㄧㄨ ㄙ ㄑㄧ ㄝ	ㄅㄧㄨ — ㄊㄧ —

※注意筆順，筆順對了，才會寫得正確又漂亮。

ビ ビュ ビュ

byo びょ ㄅㄧㄡ

羅馬讀音　　ㄅㄆㄇ讀音

以「び」的筆順先寫好「び」，接著在「び」的右下角加小字的「よ」。

「び[ㄅㄧ]」＋「よ[ㄧㄡ]」的結合音，羅馬拼音是byo，發出像「ㄅㄧㄡ」這樣的聲音。

唸一唸

先聽聽**CD**怎麼唸，再自己唸看看，最後自己寫一遍，邊寫邊唸，就能加強記憶。

醫院	生病	胃病
びょういん	びょうき	いびょう
byo — i n	byo — ki	i byo —
ㄅㄧㄡ — ㄧ ㄣ	ㄅㄧㄡ — ㄎㄧ	ㄧ ㄅㄧㄡ —

※注意筆順，筆順對了，才會寫得正確又漂亮。

197

byo

羅馬讀音

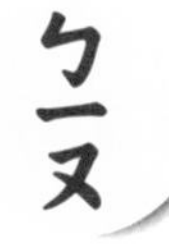

ㄅㄧㄡ

ㄅㄆㄇ讀音

以「ビ」的筆順先寫好「ビ」，接著在「ビ」的右下角加小字的「ョ」。

「ビ[ㄅㄧ]」＋「ヨ[ㄧㄡ]」的結合音，羅馬拼音是byo，發出像「ㄅㄧㄡ」這樣的聲音。

先聽聽**CD**怎麼唸，再自己唸看看，最後自己寫一遍，邊寫邊唸，就能加強記憶。

比昂松
（挪威文學家）

ビョルンソン
byo ru n so n
ㄅㄧㄡ ㄌㄨ ㄣ ㄙㄡ ㄣ

Bjork
（冰島搖滾天后）

ビョーク
byo — ku
ㄅㄧㄡ — ㄎㄨ

寫一寫

※注意筆順，筆順對了，才會寫得正確又漂亮。

ビ ビョ ビョ

198

pya

羅馬讀音

ㄅㄆㄇ讀音

學習TIPS

以「ぴ」的筆順先寫好「ぴ」，接著在「ぴ」的右下角加小字的「や」。

「ぴ[ㄆㄧ]」＋「や[ㄧㄚ]」的結合音，羅馬拼音是pya，發出像「ㄆㄧㄚ」這樣的聲音。

唸一唸

先聽聽**CD**怎麼唸，再自己唸看看，最後自己寫一遍，邊寫邊唸，就能加強記憶。

八百	六百	滿是謊話
はっぴゃく	ろっぴゃく	うそはっぴゃく
ha・pya ku	ro・pya ku	u so ha・pya ku
ㄏㄚ・ㄆㄧㄚ ㄎㄨ	ㄌㄡ・ㄆㄧㄚ ㄎㄨ	ㄨ ㄙㄡ ㄏㄚ・ㄆㄧㄚ ㄎㄨ

寫一寫

※注意筆順，筆順對了，才會寫得正確又漂亮。

199

pya
羅馬讀音

ㄆㄧㄚ
ㄅㄆㄇ讀音

以「ピ」的筆順先寫好「ピ」，接著在「ピ」的右下角加小字的「ャ」。

「ピ[ㄆㄧ]」＋「ャ[ㄧㄚ]」的結合音，羅馬拼音是pya，發出像「ㄆㄧㄚ」這樣的聲音。

先聽聽CD怎麼唸，再自己唸看看，最後自己寫一遍，邊寫邊唸，就能加強記憶。

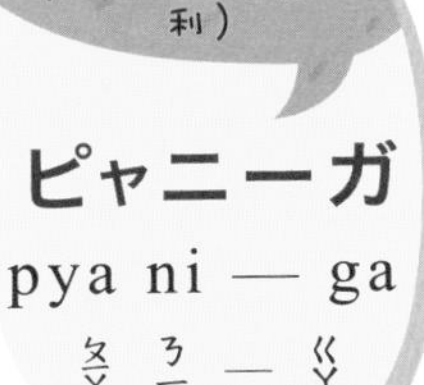

ピャニーガ
pya ni — ga
ㄆㄧㄚ ㄋㄧ — ㄍㄚ

波蘭的皮雅斯特（Piastów）王朝

ピャストちょう
pya su to cho —
ㄆㄧㄚ ㄙ ㄊㄡ ㄑㄧㄡ —

寫一寫 ※注意筆順，筆順對了，才會寫得正確又漂亮。

ピ	ピャ	ピャ					

ア行 カ行 サ行 タ行 ナ行 ハ行 マ行 ヤ行 ラ行 ワ行 其他

200

pyu

羅馬讀音

ㄆㄧㄨ

ㄅㄆㄇ讀音

以「ぴ」的筆順先寫好「ぴ」，接著在「ぴ」的右下角加小字的「ゅ」。

「ぴ[ㄆㄧ]」＋「ゆ[ㄧㄨ]」的結合音，羅馬拼音是pyu，發出像「ㄆㄧㄨ」這樣的聲音。

唸一唸

先聽聽**CD**怎麼唸，再自己唸看看，最後自己寫一遍，邊寫邊唸，就能加強記憶。

風吹的聲音

ぴゅう

pyu —

ㄆㄧㄨ —

強風吹的聲音

ぴゅうぴゅう

pyu — pyu —

ㄆㄧㄨ — ㄆㄧㄨ —

※注意筆順，筆順對了，才會寫得正確又漂亮。

201

pyu

羅馬讀音

ㄅㄆㄇ讀音

以「ピ」的筆順先寫好「ピ」，接著在「ピ」的右下角加小字的「ユ」。

「ピ[ㄆㄧ]」＋「ユ[ㄧㄨ]」的結合音，羅馬拼音是pyu，發出像「ㄆㄧㄨ」這樣的聲音。

先聽聽CD怎麼唸，再自己唸看看，最後自己寫一遍，邊寫邊唸，就能加強記憶。

美洲虎	果菜泥	電腦
ピューマ	ピューレ	コンピューター
pyu — ma	pyu — re	ko n pyu — ta —
ㄆㄧㄨ — ㄇㄚ	ㄆㄧㄨ — ㄌㄟ	ㄎㄡ ㄣ ㄆㄧㄨ — ㄊㄚ —

※注意筆順，筆順對了，才會寫得正確又漂亮。

pyo

羅馬讀音

ㄆㄧㄡ

ㄅㄆㄇ讀音

學習TIPS

以「ぴ」的筆順先寫好「ぴ」，接著在「ぴ」的右下角加小字的「ょ」。

「ぴ[ㄆㄧ]」＋「よ[ㄧㄡ]」的結合音，羅馬拼音是pyo，發出像「ㄆㄧㄡ」這樣的聲音。

唸一唸

先聽聽**CD**怎麼唸，再自己唸看看，最後自己寫一遍，邊寫邊唸，就能加強記憶。

跳躍貌	發表	傳票
ぴょんと	はっぴょう	でんぴょう
pyo n to	ha・pyo —	de n pyo —
ㄆㄧㄡ ㄣ ㄊㄡ	ㄏㄚ・ㄆㄧㄡ —	ㄉㄟ ㄣ ㄆㄧㄡ —

※注意筆順，筆順對了，才會寫得正確又漂亮。

203

pyo

羅馬讀音

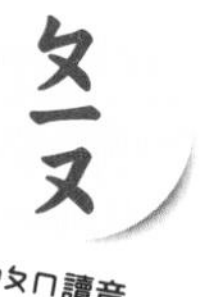

ㄅㄆㄇ讀音

以「ピ」的筆順先寫好「ピ」，接著在「ピ」的右下角加小字的「ョ」。

「ピ[ㄆㄧ]」＋「ョ[ㄧㄡ]」的結合音，羅馬拼音是pyo，發出像「ㄆㄧㄡ」這樣的聲音。

先聽聽CD怎麼唸，再自己唸看看，最後自己寫一遍，邊寫邊唸，就能加強記憶。

彼得大帝	平壤
ピョートル	ピョンヤン
pyo — to ru	pyo n ya n
ㄆㄧㄡ — ㄊㄡ ㄌㄨ	ㄆㄧㄡ ㄣ ㄧㄚ ㄣ

寫一寫 ※注意筆順，筆順對了，才會寫得正確又漂亮。

ピ　ピョ　ピョ

其他特殊音

在片假名中，除了以上的拗音之外，我們還會在一些外來語中看到像是：「ウィ」、「ウェ」、「シェ」、「ジェ」、「ティ」、「ディ」、「チェ」、「ファ」、「フィ」、「フェ」、「フォ」等特殊音，這些音其實都是為了能精準地拼出外國音而演變出來的，所以只會在外來語中才會看到。

ウィ

【wi】

＊ウィンドウ→窗戶

＊ウェルダン→（指牛排的熟度）全熟

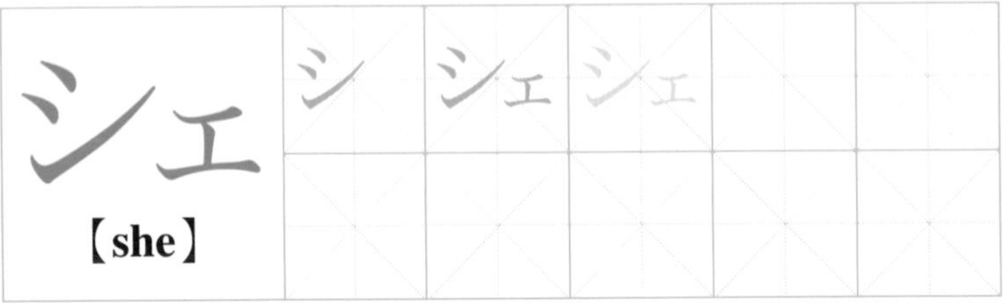

＊シェフ→主廚

＊ジェットコースター➜雲霄飛車

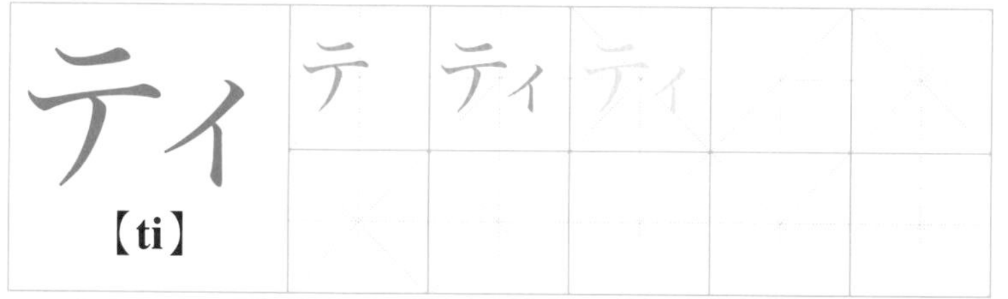

＊ミルクティー➜奶茶

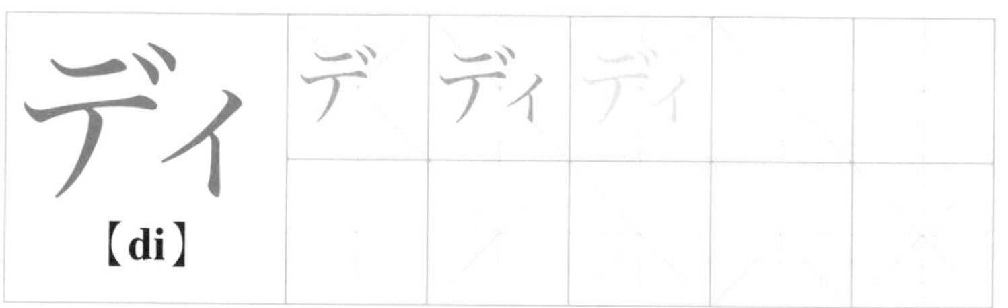

＊ミディアム➜（指牛排的熟度）五分熟

チェ

【che】

＊チェック➜支票

ファ
【fa】

＊ソファー➔沙發

フィ
【fi】

＊フィルム➔底片

フェ
【fe】

＊フェリー➔渡船

フォ
【fo】

＊フォーク➔叉子

附 錄

◎ 充斥著外來語的生活

◎ 絕對用得到的實用便利句

◎ 用羅馬拼音打日文字

JAPAN

充斥著外來語的生活

大部分初學語的人都會覺得片假名比較難記，但其實它在日常生活中可是常常出現的，為了提升大家對片假名的熟悉感，以下我們就來看看到底平常的食衣住行娛樂中會用到多少外來語的片假名。搭配 CD 跟讀更能熟悉外來語的語感哦。

ステーキと焼(や)き肉(にく)どちらがおいしいですか。

ㄙ.ㄊㄟ.—.ㄎㄧ.ㄊㄡ.ㄧㄚ.ㄎㄧ.ㄋㄧ.ㄎㄨ.ㄉㄡ.ㄑㄧ.ㄌㄚ.ㄍㄚ.ㄡ.ㄧ.ㄒㄧ.ㄧ.ㄉㄟ.ㄙ.ㄎㄚ

牛排和燒肉哪一種比較好吃？

ホットひとつにアイスふたつお願(ねが)いします。

ㄏㄡ.・.ㄊㄡ.ㄏㄧ.ㄊㄡ.ㄗ.ㄚ.ㄧ.ㄙ.ㄏㄨ.ㄊㄚ.ㄗ.ㄡ.ㄋㄟ.ㄍㄚ.ㄧ.ㄒㄧ.ㄇㄚ.ㄙ

請給我一杯熱的和兩杯冰的。

ジュースが飲(の)みたいです。

ㄐㄧㄨ.—.ㄙ.ㄍㄚ.ㄋㄡ.ㄇㄧ.ㄊㄚ.ㄧ.ㄉㄟ.ㄙ

好想喝果汁哦！

一緒(いっしょ)にスーパーへ買(か)い物(もの)にきますか。

ㄧ.・.ㄒㄧㄡ.ㄋㄧ.ㄙ.—.ㄆㄚ.—.ㄝ.ㄎㄚ.ㄧ.ㄇㄡ.ㄋㄡ.ㄋㄧ.ㄧ.ㄎㄧ.ㄇㄚ.ㄙ.ㄎㄚ

要一起去超市買東西嗎？

コーンスープがほしいですね。

ㄎㄡ.—.ㄣ.ㄙ.—.ㄆㄨ.ㄍㄚ.ㄏㄡ.ㄒㄧ.ㄧ.ㄉㄟ.ㄙ.ㄋㄟ

我想要玉米濃湯。

ケーキは甘(あま)いから食(た)べません。

ㄎㄟ.—.ㄎㄧ.ㄨㄚ.ㄚ.ㄇㄚ.ㄧ.ㄎㄚ.ㄌㄚ.ㄊㄚ.ㄅㄟ.ㄇㄚ.ㄙㄟ.ㄣ

蛋糕太甜了，我不吃。

すみません、レジはどこですか。
ㄙ.ㄇㄧ.ㄇㄚ.ㄙㄟ.ㄣ,ㄌㄟ.ㄐㄧ.ㄨㄚ.ㄉㄡ.ㄎㄡ.ㄉㄟ.ㄙ.ㄎㄚ
請問收銀台在哪裡呢？

コップもう一(ひと)つください。
ㄎㄡ.・.ㄆㄨ.ㄇㄡ.—.ㄏㄧ.ㄊㄡ.ㄗ.ㄎㄨ.ㄉㄚ.ㄙㄚ.ㄧ
請再給我一個杯子。

これはプレゼントです。
ㄎㄡ.ㄌㄟ.ㄨㄚ.ㄆㄨ.ㄌㄟ.ㄗㄟ.ㄣ.ㄊㄡ.ㄉㄟ.ㄙ
這是禮物。

自動販売機(じどうはんばいき)でタバコを買(か)ってください。
ㄗㄧ.ㄉㄡ.—.ㄏㄚ.ㄣ.ㄅㄚ.ㄧ.ㄎㄧ.ㄉㄟ.ㄊㄚ.ㄅㄚ.ㄎㄡ.ㄡ.ㄎㄚ.・.ㄊㄟ.ㄎㄨ.ㄉㄚ.ㄙㄚ.ㄧ
請幫我在販賣機買包香煙。

どんなソースをかけて食(た)べますか。
ㄉㄡ.ㄣ.ㄋㄚ.ㄙㄡ.—.ㄙ.ㄡ.ㄎㄚ.ㄎㄟ.ㄊㄟ.ㄊㄚ.ㄅㄟ.ㄇㄚ.ㄙ.ㄎㄚ
你要加哪一種醬料？

トーストを焼(や)いてください。
ㄊㄡ.—.ㄙ.ㄊㄡ.ㄡ.ㄧㄚ.ㄧ.ㄊㄟ.ㄎㄨ.ㄉㄚ.ㄙㄚ.ㄧ
請幫我烤吐司。

バターを塗(ぬ)ってください。
ㄅㄚ.ㄊㄚ.—.ㄡ.ㄋㄨ.・.ㄊㄟ.ㄎㄨ.ㄉㄚ.ㄙㄚ.ㄧ
請幫我塗上奶油。

コンビニでお握(にぎ)りを買(か)いたいです。
ㄎㄡ.ㄣ.ㄅㄧ.ㄋㄧ.ㄉㄟ.ㄡ.ㄋㄧ.ㄍㄧ.ㄌㄧ.ㄡ.ㄎㄚ.ㄧ.ㄊㄚ.ㄧ.ㄉㄟ.ㄙ
我想在便利超商買御飯糰。

チーズが食(た)べ切(き)れないから半分(はんぶん)あげます。
ㄑㄧ.—.ㄙ.ㄍㄚ.ㄊㄚ.ㄅㄟ.ㄍㄧ.ㄌㄟ.ㄋㄚ.ㄧ.ㄎㄚ.ㄌㄚ.ㄏㄚ.ㄣ.ㄅㄨ.ㄣ.ㄚ.ㄍㄟ.ㄇㄚ.ㄙ
乳酪我吃不完，給你一半。

シャツにアイロンをかけてください。

ㄒㄧㄚ.ㄗ.ㄋㄧ.ㄚ.ㄧ.ㄌㄡ.ㄣ.ㄡ.ㄎㄚ.ㄎㄟ.ㄊㄟ.ㄎㄨ.ㄉㄚ.ㄙㄚ.ㄧ

請幫我燙襯衫。

今晩(こんばん)の宴会(えんかい)にワンピースを着(き)たいです。

ㄎㄡ.ㄣ.ㄅㄚ.ㄣ.ㄋㄡ.ㄝ.ㄣ.ㄎㄚ.ㄧ.ㄋㄧ.ㄨㄚ.ㄣ.ㄆㄧ.—.ㄙ.ㄡ.ㄍㄧ.ㄊㄚ.ㄧ.ㄉㄟ.ㄙ

今晚的宴會我想要穿洋裝。

ネックレスがほしいです。

ㄋㄟ.・.ㄎㄨ.ㄌㄟ.ㄙ.ㄍㄚ.ㄏㄡ.ㄒㄧ.ㄧ.ㄉㄟ.ㄙ

我想要一條項鏈。

スニーカーを履(は)いた方(ほう)がいいですよ。

ㄙ.ㄋㄧ.—.ㄎㄚ.—.ㄡ.ㄏㄚ.ㄧ.ㄊㄚ.ㄏㄡ.—.ㄍㄚ.ㄧ.ㄧ.ㄉㄟ.ㄙ.ㄧㄡ

穿運動鞋比較好。

ズボンとベルトを片付(かたづ)けてください。

ㄗㄨ.ㄅㄡ.ㄣ.ㄊㄡ.ㄅㄟ.ㄌㄨ.ㄊㄡ.ㄡ.ㄎㄚ.ㄊㄚ.ㄗㄨ.ㄎㄟ.ㄊㄟ.ㄎㄨ.ㄉㄚ.ㄙㄚ.ㄧ

請把褲子和皮帶收拾好。

このブーツのほうが綺麗(きれい)ですよ。

ㄎㄡ.ㄋㄡ.ㄅㄨ.—.ㄗ.ㄋㄡ.ㄏㄡ.—.ㄍㄚ.ㄎㄧ.ㄌㄟ.ㄧ.ㄉㄟ.ㄙ.ㄧㄡ

這雙長靴比較漂亮哦！

これはデパートにあります。

ㄎㄡ.ㄌㄟ.ㄨㄚ.ㄉㄟ.ㄆㄚ.—.ㄊㄡ.ㄋㄧ.ㄚ.ㄌㄧ.ㄇㄚ.ㄙ

這個在百貨公司裡有。

ドレスを貸(か)してください。

ㄉㄡ.ㄌㄟ.ㄙ.ㄡ.ㄎㄚ.ㄒㄧ.ㄊㄟ.ㄎㄨ.ㄉㄚ.ㄙㄚ.ㄧ

請借我晚禮服。

ジーパンを持っていません。

ㄐㄧ.—.ㄆㄚ.ㄣ.ㄡ.ㄇㄡ.・.ㄊㄟ.ㄧ.ㄇㄚ.ㄙㄟ.ㄣ

我沒有牛仔褲。

寝る前にパジャマにが着替えてください。

ㄋㄟ.ㄌㄨ.ㄇㄚ.ㄝ.ㄋㄧ.ㄆㄚ.ㄐㄧㄚ.ㄇㄚ.ㄋㄧ.ㄎㄧ.ㄍㄚ.ㄝ.ㄊㄟ.ㄎㄨ.ㄉㄚ.ㄙㄚ.ㄧ

請在睡覺前換上睡衣。

雨だからレーコートを着て出かけます。

ㄚ.ㄇㄟ.ㄉㄚ.ㄎㄚ.ㄌㄚ.ㄌㄟ.—.ㄎㄡ.—.ㄊㄡ.ㄡ.ㄎㄧ.ㄊㄟ.ㄉㄟ.ㄎㄚ.ㄎㄟ.ㄇㄚ.ㄙ

因為下雨所以我穿雨衣出門。

誕生日にルビーの指輪が買いたいです。

ㄊㄚ.ㄣ.ㄗㄧㄡ.—.ㄅㄧ.ㄋㄧ.ㄌㄨ.ㄅㄧ.—.ㄋㄡ.ㄧㄨ.ㄅㄧ.ㄍㄚ.ㄎㄚ.ㄧ.ㄊㄚ.ㄧ.ㄉㄟ.ㄙ

我想在生日那天買紅寶石的戒指。

ネクタイの色はちょっと地味です。

ㄋㄟ.ㄎㄨ.ㄊㄚ.ㄧ.ㄋㄡ.ㄧ.ㄌㄡ.ㄨㄚ.ㄑㄧㄡ.・.ㄊㄡ.ㄐㄧ.ㄇㄧ.ㄉㄟ.ㄙ

領帶有一點樸素。

もっと長いスカートがありませんか。

ㄇㄡ.・.ㄊㄡ.ㄋㄚ.ㄍㄚ.ㄧ.ㄙ.ㄎㄚ.—.ㄊㄡ.ㄍㄚ.ㄚ.ㄌㄧ.ㄇㄚ.ㄙㄟ.ㄣ.ㄎㄚ

沒有長一點的裙子嗎？

どんなホテルに泊まりたいですか。

ㄉㄡ.ㄣ.ㄋㄚ.ㄏㄡ.ㄊㄟ.ㄌㄨ.ㄋㄧ.ㄊㄡ.ㄇㄚ.ㄌㄧ.ㄊㄚ.ㄧ.ㄉㄟ.ㄙ.ㄎㄚ

你想住哪一種飯店？

ディズニーランドの近くに泊まりたいです。

ㄉㄧ.ㄗㄨ.ㄋㄧ.—.ㄌㄚ.ㄣ.ㄉㄡ.ㄋㄡ.ㄑㄧ.ㄎㄚ.ㄎㄨ.ㄋㄧ.ㄊㄡ.ㄇㄚ.ㄌㄧ.ㄊㄚ.ㄧ.ㄉㄟ.ㄙ

我想住在迪士尼樂園的附近。

ちょっとドアを開けていいですか。

ㄑㄧㄡ.・.ㄊㄡ.ㄉㄡ.ㄚ.ㄡ.ㄚ.ㄎㄟ.ㄊㄟ.ㄧ.ㄧ.ㄉㄟ.ㄙ.ㄎㄚ

可以開門嗎？

テレビの上(うえ)に置(お)いてください。
ㄊㄟ.ㄌㄟ.ㄅㄧ.ㄋㄡ.ㄨ.ㄝ.ㄋㄧ.ㄡ.ㄧ.ㄊㄟ.ㄎㄨ.ㄉㄚ.ㄙㄚ.ㄧ
請放在電視上。

バケツを持(も)ってきてください。
ㄅㄚ.ㄎㄟ.ㄗ.ㄡ.ㄇㄡ.・.ㄊㄟ.ㄎㄧ.ㄊㄟ.ㄎㄨ.ㄉㄚ.ㄙㄚ.ㄧ
請把桶子拿來。

スイッチを入(い)れてください。
ㄙ.ㄧ.・.ㄑㄧ.ㄡ.ㄧ.ㄌㄟ.ㄊㄟ.ㄎㄨ.ㄉㄚ.ㄙㄚ.ㄧ
請把電源打開。

スリッパをはいてください。
ㄙ.ㄌㄧ.・.ㄆㄚ.ㄡ.ㄏㄚ.ㄧ.ㄊㄟ.ㄎㄨ.ㄉㄚ.ㄙㄚ.ㄧ
請穿拖鞋。

ニュースは何時(なんじ)からですか。
ㄋㄧㄨ.—.ㄙ.ㄨㄚ.ㄋㄚ.ㄣ.ㄐㄧ.ㄎㄚ.ㄌㄚ.ㄉㄟ.ㄙ.ㄎㄚ
新聞是從幾點開始？

リモコンが壊(こわ)れています。
ㄌㄧ.ㄇㄡ.ㄎㄡ.ㄣ.ㄍㄚ.ㄎㄡ.ㄨㄚ.ㄌㄟ.ㄊㄟ.ㄧㄇㄚ.ㄙ
遙控器壞掉了。

ホテルの従業員(じゅうぎょういん)が優(やさ)しいです。
ㄏㄡ.ㄊㄟ.ㄌㄨ.ㄋㄡ.ㄐㄧㄨ.—.ㄍㄧㄡ.—.ㄧ.ㄣ.ㄍㄚ.ㄧㄚ.ㄙㄚ.ㄒㄧ.ㄧ.ㄉㄟ.ㄙ
飯店裡的人很友善。

アパートに住(す)んでいます。
ㄚ.ㄆㄚ.—.ㄊㄡ.ㄋㄧ.ㄙ.ㄣ.ㄉㄟ.ㄧ.ㄇㄚ.ㄙ
我住在公寓。

旅行(りょこう)の荷物(にもつ)をトランクに詰(つ)めます。
ㄌㄧㄡ.ㄎㄡ.—.ㄋㄡ.ㄋㄧ.ㄇㄡ.ㄗ.ㄡ.ㄊㄡ.ㄌㄚ.ㄣ.ㄎㄨ.ㄋㄧ.ㄗ.ㄇㄟㄇㄚ.ㄙ
請把旅行的行李放進皮箱裡。

ドライヤーを貸(か)してくれますか。

ㄉㄡ.ㄌㄚ.ㄧ.ㄧㄚ.—.ㄡ.ㄎㄚ.ㄒㄧ.ㄊㄟ.ㄎㄨ.ㄌㄟ.ㄇㄚ.ㄙ.ㄎㄚ

可以借我吹風機嗎？

ベルが鳴(な)りました。誰(だれ)か出(で)てください。

ㄅㄟ.ㄌㄨ.ㄍㄚ.ㄋㄚ.ㄌㄧ.ㄇㄚ.ㄒㄧ.ㄊㄚ。ㄊㄚ.ㄌㄟ.ㄎㄚ.ㄉㄟ.ㄊㄟ.ㄎㄨ.ㄉㄚ.ㄙㄚ.ㄧ

門鈴響了，誰幫我開一下門？

バスで、それとも地下鉄(ちかてつ)で行(い)きますか。

ㄅㄚ.ㄙ.ㄉㄟ，ㄙㄡ.ㄌㄟ.ㄊㄡ.ㄇㄡ.ㄑㄧ.ㄎㄚ.ㄊㄟ.ㄗ.ㄉㄟ.ㄧ.ㄎㄧ.ㄇㄚ.ㄙ.ㄎㄚ

要搭巴士或是地下鐵去呢？

トイレはどこですか。

ㄊㄡ.ㄧ.ㄌㄟ.ㄨㄚ.ㄉㄡ.ㄎㄡ.ㄉㄟ.ㄙ.ㄎㄚ

請問廁所在哪裡呢？

バイクで来(き)ました。

ㄅㄚ.ㄧ.ㄎㄨ.ㄉㄟ.ㄎㄧ.ㄇㄚ.ㄒㄧ.ㄊㄚ

我是騎車來的。

タイヤがパンクしました。

ㄊㄚ.ㄧ.ㄧㄚ.ㄍㄚ.ㄆㄚ.ㄣ.ㄎㄨ.ㄒㄧ.ㄇㄚ.ㄒㄧ.ㄊㄚ

車子輪胎破了。

オレンジ色(いろ)の電車(でんしゃ)に乗(の)ってください。

ㄡ.ㄌㄟ.ㄣ.ㄐㄧ.ㄧ.ㄌㄡ.ㄋㄡ.ㄉㄟ.ㄣ.ㄒㄧㄚ.ㄋㄧ.ㄋㄡ.·.ㄊㄟ.ㄎㄨ.ㄉㄚ.ㄙㄚ.ㄧ

請搭橘紅色的電車。

ガソリンを入(い)れてください

ㄍㄚ.ㄙㄡ.ㄌㄧ.ㄣ.ㄡ.ㄧ.ㄌㄟ.ㄊㄟ.ㄎㄨ.ㄉㄚ.ㄙㄚ.ㄧ

請幫我加汽油。

羽田空港(はねだくうこう)でモノレールで行(い)った方(ほう)が早(はや)いです。

ㄏㄚ.ㄋㄟ.ㄉㄚ.ㄎㄨ.—.ㄎㄡ.—.ㄉㄟ.ㄇㄡ.ㄋㄡ.ㄌㄟ.—.ㄌㄨ.ㄉㄟ.ㄧ.·.ㄊㄚ.ㄏㄡ.—.ㄍㄚ.ㄏㄚ.ㄧㄚ.ㄧ.ㄉㄟ.ㄙ

到羽田機場坐單軌電車去比較快。

東京駅(とうきょうえき)は何番(なんばん)ホームですか。

ㄊㄡ.—.ㄎㄧㄡ.—.ㄝ.ㄎㄧ.ㄨㄚ.ㄋㄚ.ㄣ.ㄅㄚ.ㄣ.ㄏㄡ.—.ㄇㄨ.ㄉㄟ.ㄙ.ㄎㄚ

請問往東京車站是第幾月台？

タクシー乗(の)り場(ば)はどこですか。

ㄊㄚ.ㄎㄨ.ㄒㄧ.—.ㄋㄡ.ㄌㄧ.ㄅㄚ.ㄨㄚ.ㄉㄡ.ㄎㄡ.ㄉㄟ.ㄙ.ㄎㄚ

請問計程車招呼站在哪裡？

フェリーで大人(おとな)はいくらですか。

ㄈㄝ.ㄌㄧ.—.ㄉㄟ.ㄡ.ㄊㄡ.ㄋㄚ.ㄨㄚ.ㄧ.ㄎㄨ.ㄌㄚ.ㄉㄟ.ㄙ.ㄎㄚ

坐遊覽船成人是多少錢呢？

エスカレーターに乗(の)るとき足元(あしもと)に気(き)を付(つ)けてください。

ㄝ.ㄙ.ㄎㄚ.ㄌㄟ.—.ㄊㄚ.—.ㄋㄧ.ㄋㄡ.ㄌㄨ.ㄊㄡ.ㄎㄧ.ㄚ.ㄒㄧ.ㄇㄡ.ㄊㄡ.ㄋㄧ.ㄎㄧ.ㄡ.ㄗ.ㄎㄟ.ㄊㄟ.ㄎㄨ.ㄉㄚ.ㄙㄚ.ㄧ

搭手扶梯時請注意您的腳。

パチンコに行(い)きます。

ㄆㄚ.ㄑㄧ.ㄣ.ㄎㄡ.ㄋㄧ.ㄧ.ㄎㄧ.ㄇㄚ.ㄙ

我們去玩柏青哥。

ゲームセンターへ連(つ)れて行(い)ってください。

ㄍㄟ.—.ㄇㄨ.ㄙㄟ.ㄣ.ㄊㄚ.—.ㄝ.ㄗ.ㄌㄟ.ㄊㄟ.ㄧ.・.ㄊㄟ.ㄎㄨ.ㄉㄚ.ㄙㄚ.ㄧ

請帶我到遊樂場去。

ダンスはできません。

ㄉㄚ.ㄣ.ㄙ.ㄨㄚ.ㄉㄟ.ㄎㄧ.ㄇㄚ.ㄙㄟ.ㄣ

我不會跳舞。

ドラマが好(す)きです。

ㄉㄡ.ㄌㄚ.ㄇㄚ.ㄍㄚ.ㄙ.ㄎㄧ.ㄉㄟ.ㄙ

我喜歡看連續劇。

リズムに乗(の)って動(うご)けます。

ㄌㄧ.ㄗㄨ.ㄇㄨ.ㄋㄧ.ㄋㄡ.・.ㄊㄟ.ㄨ.ㄍㄡ.ㄎㄟ.ㄇㄚ.ㄙ

隨著韻律舞動。

かわいいペットですね

ㄎㄚ.ㄨㄚ.ㄧ.ㄧ.ㄆㄟ.・.ㄊㄡ.ㄉㄟ.ㄙ.ㄋㄟ

這寵物好可愛哦！

一緒(いっしょ)にカラオケに行(い)きますか。

ㄧ.・.ㄒㄧㄡ.ㄋㄧ.ㄎㄚ.ㄌㄚ.ㄡ.ㄎㄟ.ㄧ.ㄎㄧ.ㄇㄚ.ㄙ.ㄎㄚ

要不要一起去卡拉 ok 呢？

マイクもう一本(いっぽん)持(も)ってきてください。

ㄇㄚ.ㄧ.ㄎㄨ.ㄇㄡ.—.ㄇㄡ.—.ㄧ.・.ㄆㄡ.ㄣ.ㄇㄡ.・.ㄊㄟ.ㄎㄧ.ㄊㄟ.ㄎㄨ.ㄉㄚ.ㄙㄚ.ㄧ

請再給我一支麥克風。

メリーゴーランドに乗(の)りたいです。

ㄇㄟ.ㄌㄧ.—.ㄍㄡ.—.ㄌㄚ.ㄣ.ㄉㄡ.ㄋㄧ.ㄋㄡ.ㄌㄧ.ㄊㄚ.ㄧ.ㄉㄟ.ㄙ

我要坐旋轉木馬。

ジェットコースターが恐(こわ)いです。

ㄐㄧㄝ.・.ㄊㄡ.ㄎㄡ.—.ㄙ.ㄊㄚ.—.ㄍㄚ.ㄎㄡ.ㄨㄚ.ㄧ.ㄉㄟ.ㄙ

雲霄飛車很恐怖。

トランプで遊(あそ)びましょう。

ㄊㄡ.ㄌㄚ.ㄣ.ㄆㄨ.ㄉㄟ.ㄚ.ㄙㄡ.ㄅㄧ.ㄇㄚ.ㄒㄧㄡ.—

一起玩撲克牌吧！

二次会(にじかい)はパブに行(い)きませんか。

ㄋㄧ.ㄐㄧ.ㄎㄚ.ㄧ.ㄨㄚ.ㄆㄚ.ㄅㄨ.ㄋㄧ.ㄧ.ㄎㄧ.ㄇㄚ.ㄙㄟ.ㄣ.ㄎㄚ

到 PUB 去續攤好嗎？

ビールよりウィスキーのほうがいいです。

ㄅㄧ.—.ㄌㄨ.ㄧㄡ.ㄌㄧ.ㄨㄧ.ㄙ.ㄎㄧ.—.ㄋㄡ.ㄏㄡ.—.ㄍㄚ.ㄧ.ㄧ.ㄉㄟ.ㄙ

威士忌比啤酒好吧！（我想喝威士忌）

用得到的實用便利句

計程車

206

タクシー

ㄊㄚ.ㄎㄨ.ㄒㄧ.ㄧ

東京駅(とうきょうえき)までお願(ねが)いします。

ㄊㄡ.ㄧ.ㄎㄧㄡ.ㄧ.ㄝ.ㄎㄧ.ㄇㄚ.ㄉㄟ.ㄡ.ㄋㄟ.ㄍㄚ.ㄧ.ㄒㄧ.ㄇㄚ.ㄙ

麻煩到東京車站。

東京駅(とうきょうえき)まで遠(とお)いですか。近(ちか)いですか。

ㄊㄡ.ㄧ.ㄎㄧㄡ.ㄧ.ㄝ.ㄎㄧ.ㄇㄚ.ㄉㄟ.ㄊㄡ.ㄡ.ㄧ.ㄊㄟ.ㄙ.ㄎㄚ.ㄑㄧ.ㄎㄚ.ㄧ.ㄊㄟ.ㄙ.ㄎㄚ

東京車站遠還是近？

公車

207

バス

ㄅㄚ.ㄙ

このバスは東京駅(とうきょうえき)へ行(い)きますか。

ㄎㄡ.ㄋㄡ.ㄅㄚ.ㄙ.ㄨㄚ.ㄊㄡ.ㄧ.ㄎㄧㄡ.ㄧ.ㄝ.ㄎㄧ.ㄝ.ㄧ.ㄎㄧ.ㄇㄚ.ㄙ.ㄎㄚ

這輛巴士能到東京車站嗎？

電車

208

電車(でんしゃ)

ㄉㄟ.ㄣ.ㄒㄧㄚ

切符(きっぷ)はどうやって買(か)えばいいですか。

ㄎㄧ.・.ㄆㄨ.ㄨㄚ.ㄉㄡ.ㄧ.ㄧㄚ.ㄊㄟ.ㄎㄚ.ㄝ.ㄅㄚ.ㄧ.ㄧ.ㄉㄟ.ㄙ.ㄎㄚ

如何買車票？

とうきょうえき　　　　　の
東京駅へはどれに乗ればいいですか。
ㄊㄡ.—.ㄎㄧㄡ.—.ㄝ.ㄎㄧ.ㄨㄚ.ㄉㄡ.ㄌㄟ.ㄋㄧ.ㄋㄡ.ㄌㄟ.ㄅㄚ.ㄧ.ㄧ.ㄉㄟ.ㄙ.ㄎㄚ
到東京車站要搭哪一班？

ちかてつ
地下鉄はどこですか。
ㄑㄧ.ㄎㄚ.ㄊㄟ.ㄗ.ㄨㄚ.ㄉㄡ.ㄎㄡ.ㄉㄟ.ㄙ.ㄎㄚ
地下鐵在哪裡？

飯店

209

ホテル
ㄏㄡ.ㄊㄟ.ㄌㄨ

へや　あ
部屋は空いてますか。
ㄏㄟ.ㄧㄚ.ㄨㄚ.ㄚ.ㄧ.ㄊㄟ.ㄇㄚ.ㄙ.ㄎㄚ
有空房間嗎？

よやく　　　　　りん
予約をしている林です。
ㄧㄡ.ㄧㄚ.ㄎㄨ.ㄡ.ㄒㄧ.ㄊㄟ.ㄧ.ㄌㄨ.ㄌㄧ.ㄣ.ㄉㄟ.ㄙ
我是已經預約的林先生（小姐）

　　　　　　　いっぱく
シングルルームは一泊いくらですか。
ㄒㄧ.ㄣ.ㄍㄨ.ㄌㄨ.ㄌㄨ.—.ㄇㄨ.ㄨㄚ.ㄧ.・.ㄆㄚ.ㄎㄨ.ㄧ.ㄎㄨ.ㄌㄚ.ㄉㄟ.ㄙ.ㄎㄚ
單人房一晚多少錢？

にはく
二泊します。
ㄋㄧ.ㄏㄚ.ㄎㄨ.ㄒㄧ.ㄇㄚ.ㄙ
我要住二晚。

ちょうしょく
朝食はついていますか。
ㄑㄧㄡ.—.ㄒㄧㄡ.ㄎㄨ.ㄨㄚ.ㄗ.ㄧ.ㄊㄟ.ㄧ.ㄇㄚ.ㄙ.ㄎㄚ
有附贈早餐嗎？

ルームサービスはありますか。
ㄌㄨ.—.ㄇㄨ.ㄙㄚ.—.ㄅㄧ.ㄙ.ㄨㄚ.ㄚ.ㄌㄧ.ㄇㄚ.ㄙ.ㄎㄚ
有客房服務嗎？

ベッドは増(ふ)やせますか。

ㄅㄟ.・.ㄉㄡ.ㄨㄚ.ㄏㄨ.ㄧㄚ.ㄙㄟ.ㄇㄚ.ㄙ.ㄎㄚ

可以加床嗎？

チェックアウトは何時(なんじ)ですか。

ㄑㄧㄝ.・.ㄎㄨ.ㄚ.ㄨ.ㄊㄡ.ㄨㄚ.ㄋㄚ.ㄣ.ㄐㄧ.ㄉㄟ.ㄙ.ㄎㄚ

退房時間是幾點呢？

荷物(にもつ)を預(あず)けたいです。

ㄋㄧ.ㄇㄡ.ㄗ.ㄡ.ㄚ.ㄗㄨ.ㄎㄟ.ㄊㄚ.ㄧ.ㄉㄟ.ㄙ

我想寄放物品。

かぎをください。

ㄎㄚ.ㄍㄧ.ㄡ.ㄎㄨ.ㄉㄚ.ㄙㄚ.ㄧ

請給我鑰匙。

カードを使(つか)えますか。

ㄎㄚ.—.ㄉㄡ.ㄡ.ㄗ.ㄎㄚ.ㄝ.ㄇㄚ.ㄙ.ㄎㄚ

可以使用信用卡嗎？

餐廳

レストラン

ㄌㄟ.ㄙ.ㄊㄡ.ㄌㄚ.ㄣ

メニューを見(み)せてください。

ㄇㄟ.ㄋㄧㄨ.—.ㄡ.ㄇㄧ.ㄙㄟ.ㄊㄟ.ㄎㄨ.ㄉㄚ.ㄙㄚ.ㄧ

請給我菜單。

これは何(なん)ですか。

ㄎㄡ.ㄌㄟ.ㄨㄚ.ㄋㄚ.ㄣ.ㄉㄟ.ㄙ.ㄎㄚ

這是什麼？

おすすめは何(なん)ですか。

ㄡ.ㄙ.ㄙ.ㄇㄟ.ㄨㄚ.ㄋㄚ.ㄣ.ㄉㄟ.ㄙ.ㄎㄚ

推薦菜是什麼？

かにはありますか。

ㄎㄚ．ㄋㄧ．ㄨㄚ．ㄚ．ㄌㄧ．ㄇㄚ．ㄙ．ㄎㄚ

有螃蟹嗎？

これを下(くだ)さい。

ㄎㄡ．ㄌㄟ．ㄡ．ㄎㄨ．ㄉㄚ．ㄙㄚ．ㄧ

請給我這個。

お茶(ちゃ)を下(くだ)さい。

ㄡ．ㄑㄧㄚ．ㄡ．ㄎㄨ．ㄉㄚ．ㄙㄚ．ㄧ

請給我茶。

トイレはどこですか。

ㄊㄡ．ㄧ．ㄌㄟ．ㄨㄚ．ㄉㄡ．ㄎㄡ．ㄉㄟ．ㄙ．ㄎㄚ

洗手間在哪裡？

会計(かいけい)をお願(ねが)いします。

ㄎㄚ．ㄧ．ㄎㄟ．ㄧ．ㄡ．ㄡ．ㄋㄟ．ㄍㄚ．ㄧ．ㄒㄧ．ㄇㄚ．ㄙ

請算帳。

カードで払(はら)います。

ㄎㄚ．—．ㄉㄡ．ㄉㄟ．ㄏㄚ．ㄌㄚ．ㄧ．ㄇㄚ．ㄙ

我要用信用卡付款。

キャッシュで払(はら)います。

ㄎㄧㄚ．・．ㄒㄧㄨ．ㄉㄟ．ㄏㄚ．ㄌㄚ．ㄧ．ㄇㄚ．ㄙ

我要付現金。

何時(なんじ)までやっていますか。

ㄋㄚ．ㄣ．ㄐㄧ．ㄇㄚ．ㄉㄟ．ㄧㄚ．・．ㄊㄟ．ㄧ．ㄇㄚ．ㄙ．ㄎㄚ

開（營業）到幾點？

おいしいです。

ㄡ．ㄧ．ㄒㄧ．ㄧ．ㄉㄟ．ㄙ

好吃。

まずいです。
ㄇㄚ.ㄗㄨ.ㄧ.ㄉㄟ.ㄙ
難吃。

購物

ショッピング
ㄒㄧㄡ.・.ㄆㄧ.ㄣ.ㄍㄨ

それを見（み）せてください。
ㄙㄡ.ㄌㄟ.ㄡ.ㄇㄧ.ㄙㄟ.ㄊㄟ.ㄎㄨ.ㄉㄚ.ㄙㄚ.ㄧ
請給我看那個。

試着（しちゃく）してもいいですか。
ㄒㄧ.ㄑㄧㄚ.ㄎㄨ.ㄒㄧ.ㄊㄟ.ㄇㄡ.ㄧ.ㄧ.ㄉㄟ.ㄙ.ㄎㄚ
可以試穿嗎？

もっと大（おお）きいのはありますか。
ㄇㄡ.・.ㄊㄡ.ㄡ.ㄡ.ㄎㄧ.ㄧ.ㄋㄡ.ㄨㄚ.ㄚ.ㄌㄧ.ㄇㄚ.ㄙ.ㄎㄚ
有大一點的嗎？

小（ちい）さいのはありますか。
ㄑㄧ.ㄧ.ㄙㄚ.ㄧ.ㄋㄡ.ㄨㄚ.ㄚ.ㄌㄧ.ㄇㄚ.ㄙ.ㄎㄚ
有小一點的嗎？

ほかの色（いろ）はありますか。
ㄏㄡ.ㄎㄚ.ㄋㄡ.ㄧ.ㄌㄡ.ㄨㄚ.ㄚ.ㄌㄧ.ㄇㄚ.ㄙ.ㄎㄚ
有其他顏色嗎？

これを下（くだ）さい。
ㄎㄡ.ㄌㄟ.ㄡ.ㄎㄨ.ㄉㄚ.ㄙㄚ.ㄧ
請給我這個。

いくらですか。
ㄧ.ㄎㄨ.ㄌㄚ.ㄉㄟ.ㄙ.ㄎㄚ
多少錢？

銀行、郵局

212

銀行（ぎんこう）　　郵便局（ゆうびんきょく）

ㄍㄧ.ㄣ.ㄎㄡ.ㄧ　　ㄧㄨ.ㄧ.ㄅㄧ.ㄣ.ㄎㄧㄡ.ㄎㄨ

これを台湾（たいわん）までお願（ねが）いします。

ㄎㄡ.ㄌㄟ.ㄡ.ㄊㄚ.ㄧ.ㄨㄚ.ㄣ.ㄇㄚ.ㄉㄟ.ㄡ.ㄋㄟ.ㄍㄚ.ㄧ.ㄒㄧ.ㄇㄚ.ㄙ

麻煩寄到台灣。

七十円（ななじゅうえん）の切手（きって）を五枚下（ごまいくだ）さい。

ㄋㄚ.ㄋㄚ.ㄐㄧㄨ.ㄧ.ㄝ.ㄣ.ㄋㄡ.ㄎㄧ.・.ㄊㄟ.ㄡ.ㄍㄡ.ㄇㄚ.ㄧ.ㄎㄨ.ㄉㄚ.ㄙㄚ.ㄧ

請給我 5 張 70 元的郵票。

両替（りょうがえ）したいです。

ㄌㄧㄡ.ㄧ.ㄍㄚ.ㄝ.ㄒㄧ.ㄊㄚ.ㄧ.ㄉㄟ.ㄙ

我想要換錢。

生病、受傷

213

病気（びょうき）　　けが

ㄆㄧㄡ.ㄧ.ㄎㄧ　　ㄎㄟ.ㄍㄚ

気分（きぶん）が悪（わる）いです。

ㄎㄧ.ㄅㄨ.ㄣ.ㄍㄚ.ㄨㄚ.ㄌㄨ.ㄧ.ㄉㄟ.ㄙ

身體不舒服。

ここが痛（いた）いです。

ㄎㄡ.ㄎㄡ.ㄍㄚ.ㄧ.ㄊㄚ.ㄧ.ㄉㄟ.ㄙ

這裡痛。

熱（ねつ）があります。

ㄋㄟ.ㄗ.ㄍㄚ.ㄚ.ㄌㄧ.ㄇㄚ.ㄙ

發燒。

かゆいです

ㄎㄚ.ㄧㄨ.ㄧ.ㄉㄟ.ㄙ

癢。

病院（びょういん）へ行（い）きたいです。

ㄆㄧㄡ.ㄧ.ㄧ.ㄣ.ㄝ.ㄧ.ㄎㄧ.ㄊㄚ.ㄧ.ㄉㄟ.ㄙ

我想去醫院。

失物等

214

忘（わす）れ物（もの）、遺失（いしつ）など

ㄨㄚ.ㄙ.ㄌㄟ.ㄇㄡ.ㄋㄡ. ㄧ.ㄒㄧ.ㄗ.ㄋㄚ.ㄉㄡ

財布（さいふ）を無（な）くしました。

ㄙㄚ.ㄧ.ㄏㄨ.ㄡ.ㄋㄚ.ㄎㄨ.ㄒㄧ.ㄇㄚ.ㄒㄧ.ㄊㄚ

遺失了錢包。

財布（さいふ）を盗（ぬす）まれました。

ㄙㄚ.ㄧ.ㄏㄨ.ㄡ.ㄋㄨ.ㄙ.ㄇㄚ.ㄌㄟ.ㄇㄚ.ㄒㄧ.ㄊㄚ

錢包被偷了。

警察（けいさつ）へ行（い）きたいです。

ㄎㄟ.ㄧ.ㄙㄚ.ㄗ.ㄝ.ㄧ.ㄎㄧ.ㄊㄚ.ㄧ.ㄉㄟ.ㄙ

我要去警察局。

助（たす）けて！

ㄊㄚ.ㄙ.ㄎㄟ.ㄊㄟ

請幫我（需要別人協助時）

救命！（遇到危險時，可以大聲呼救）

其他

215

わたし

ㄨㄚ.ㄊㄚ.ㄒㄧ

我

私たち

ㄨㄚ.ㄊㄚ.ㄒㄧ.ㄊㄚ.ㄑㄧ

我們

あなた
ㄚ.ㄋㄚ.ㄊㄚ
你

あなたたち
ㄚ.ㄋㄚ.ㄊㄚ.ㄊㄚ.ㄑㄧ
你們

はい
ㄏㄚ.ㄧ
是。

いいえ
ㄧ.ㄧ.ㄝ
不是，不客氣。（這是否定時候用，但是也可以用在回「不客氣」）

そうです。
ㄙㄡ.—.ㄙㄡ.ㄉㄟ.ㄙ
是的。

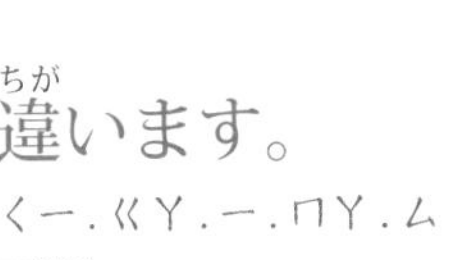

違（ちが）います。
ㄑㄧ.ㄍㄚ.ㄧ.ㄇㄚ.ㄙ
不對。

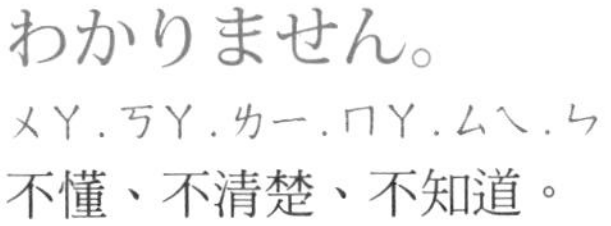

わかりません。
ㄨㄚ.ㄎㄚ.ㄌㄧ.ㄇㄚ.ㄙㄟ.ㄣ
不懂、不清楚、不知道。

知（し）りません。
ㄒㄧ.ㄌㄧ.ㄇㄚ.ㄙㄟ.ㄣ
不知道。

お願（ねが）いします。
ㄡ.ㄋㄟ.ㄍㄚ.ㄧ.ㄒㄧ.ㄇㄚ.ㄙ
麻煩、拜託。

ちょっと待（ま）ってください。
ㄑㄧㄡ.・.ㄊㄡ.ㄇㄚ.・.ㄊㄟ.ㄎㄨ.ㄉㄚ.ㄙㄚ.ㄧ
請等一下。

ゆっくり言(い)ってください。

ㄧㄡ.・.ㄎㄨ.ㄌㄧ.ㄧ.・.ㄊㄟ.ㄎㄨ.ㄉㄚ.ㄙㄚ.ㄧ

請說慢一點。

もう一度(いちど)言(い)ってください。

ㄇㄡ.ー.ㄧ.ㄑㄧ.ㄉㄡ.ㄧ.・.ㄊㄟ.ㄎㄨ.ㄉㄚ.ㄙㄚ.ㄧ

請再說一次。

書(か)いてください。

ㄎㄚ.ㄧ.ㄊㄟ.ㄎㄨ.ㄉㄚ.ㄙㄚ.ㄧ

請寫下來。

何時(なんじ)。

ㄋㄚ.ㄣ.ㄐㄧ

幾點？

いつ。

ㄧ.ㄗ

什麼時候？

上(うえ)

ㄨ.ㄝ

上

下(した)

ㄒㄧ.ㄊㄚ

下

左(ひだり)

ㄏㄧ.ㄊㄚ.ㄌㄧ

左

右(みぎ)

ㄇㄧ.ㄍㄧ

右

前(まえ)

ㄇㄚ.ㄝ

前

後(うし)ろ

ㄨ.ㄒㄧ.ㄌㄡ

後

これ

ㄎㄡ.ㄌㄟ

這個

それ

ㄙㄡ.ㄌㄟ

那個（指比較近的）

あれ

ㄚ.ㄌㄟ

那個（指比較遠的）

ここ

ㄎㄡ.ㄎㄡ

這裡

あそこ

ㄚ.ㄙㄡ.ㄎㄡ

那裡

ながい　みじか
長い　短い
ㄋㄚ.ㄍㄚ.ㄧ　ㄇㄧ.ㄐㄧ.ㄎㄚ.ㄧ
長的　短的

はや
早い
ㄏㄚ.ㄧㄚ.ㄧ
快的，早的

おそ
遅い
ㄡ.ㄙㄡ.ㄧ
慢的（以上兩個詞指「時間」的早晚。例如：約好的朋友很快就來了，可以說早い；如果朋友遲到就可以說遅い）

はや
速い
ㄏㄚ.ㄧㄚ.ㄧ
快的

おそ
遅い
ㄡ.ㄙㄡ.ㄧ
慢的（指速度上的快慢。例如催別人快一點就可以用速い；而嫌人動作慢就用遅い）

こうしゅうでんわ
公衆電話
ㄎㄡ.—.ㄒㄧㄨ.—.ㄉㄟ.ㄣ.ㄨㄚ
公共電話

テレフォンカード
ㄊㄟ.ㄌㄟ.ㄈㄡ.ㄣ.ㄎㄚ.—.ㄉㄡ
電話卡

用羅馬拼音打日文字

go!

如何能在你的電腦上打日文字呢？如果你的電腦是 Win98 的作業系統，那麼最簡單的方式就是直接到微軟網站上下載 Global IME 日文輸入法，就可以在電腦上打日文字了。如果你是用 Windows XP 或以上，一般來說，日文與及其他語言的輸入法其實已經安裝在你的電腦中，無需用光碟或上網下載。

1. 只要在右下角的語言選項點選〔設定〕。
2. 在表單中選 [時間與語言]，並點擊這一個選項。
3. 接著點擊進入〔地區與語言〕
4. 按「新增語言」按鈕。
5. 選擇「日文」，最後按「確定」。
6. 安裝好後，在右下角的輸入法，可以看到「JP 日文」。點擊它即可進入了日文輸入模式。

對照以下的羅馬字就能打出日文字來，例如打「a」再按「enter」便可以輸出「あ」。

	あ行	か行	さ行	た行	な行	は行	ま行	や行	ら行	わ行	
あ段	あア a	かカ ka	さサ sa	たタ ta	なナ na	はハ ha	まマ ma	やヤ ya	らラ ra	わワ wa	んン nn
い段	いイ i	きキ ki	しシ si/shi	ちチ ti/chi	にニ ni	ひヒ hi	みミ mi		りリ ri		
う段	うウ u	くク ku	すス su	つツ tu/tsu	ぬヌ nu	ふフ hu/fu	むム mu	ゆユ yu	るル ru		
え段	えエ e	けケ ke	せセ se	てテ te	ねネ ne	へヘ he	めメ me		れレ re		
お段	おオ o	こコ ko	そソ so	とト to	のノ no	ほホ ho	もモ mo	よヨ yo	ろロ ro	をヲ wo	

濁音、半濁音

がガ ga	ざザ za	だダ da	ばバ ba	ぱパ pa
ぎギ gi	じジ zi/ji	ぢヂ di	びビ bi	ぴピ pi
ぐグ gu	ずズ zu	づヅ du	ぶブ bu	ぷプ pu
げゲ ge	ぜゼ ze	でデ de	べベ be	ぺペ pe
ごゴ go	ぞゾ zo	どド do	ぼボ bo	ぽポ po

如何打「拗音」？

「拗音」的打法是先打第一個假名的第一個羅馬字，再打 ya、yu 或 yo，例如要打「きゃ」時，先打「き」的第一個羅馬字，即「k」，再打「ya」，換句話説，只要打「kya」，便可出現「きゃ」。

拗音

きゃ kya	しゃ sha	ちゃ cha	にゃ nya	ひゃ hya	みゃ mya	りゃ rya	ぎゃ gya	じゃ ja	びゃ bya	ぴゃ pya
きゅ kyu	しゅ shu	ちゅ chu	にゅ nyu	ひゅ hyu	みゅ myu	りゅ ryu	ぎゅ gyu	じゅ ju	びゅ byu	ぴゅ pyu
きょ kyo	しょ sho	ちょ cho	にょ nyo	ひょ hyo	みょ myo	りょ ryo	ぎょ gyo	じょ jo	びょ byo	ぴょ pyo

若想直接打「小字」，請先打「L」(大小楷均可)，例如打「lo」會變成「ぉ」。

「促音」的話，你可以打「x tu」來顯示促音。或是重覆下一個假名的第一個羅馬字，促音便會自動出現，例如「さき」的羅馬字是「saki」，當我們要打「さっき」時，只需重覆「っ」後假名「き」的第一個羅馬字，打成「sakki」即可。

國家圖書館出版品預行編目(CIP)資料

我的第一本日語50音自學書 / 菜菜子 著. -- 初版. --
新北市：知識工場, 2017.10
面； 公分. -- (日語通 ; 26)
ISBN 978-986-271-785-1 (平裝附光碟片)

1.日語 2.語音 3.假名

803.1134 106012513

我的第一本日語50音自學書

出版者 / 全球華文聯合出版平台 · 知識工場
作　　者 / 菜菜子
出版總監 / 王寶玲
總 編 輯 / 歐綾纖
印 行 者 / 知識工場
文字編輯 / 蔡靜怡
美術設計 / Mary

本書採減碳印製流程並使用優質中性紙（Acid & Alkali Free）最符環保需求。

台灣出版中心 / 新北市中和區中山路 2 段 366 巷 10 號 10 樓
電　　話 / (02) 2248-7896
傳　　真 / (02) 2248-7758
I S B N　978-986 -271- 785-1
出版年度 / 2024年最新版

全球華文國際市場總代理 / 采舍國際
地　址 / 新北市中和區中山路 2 段 366 巷 10 號 3 樓
電　話 / (02) 8245-8786
傳　真 / (02) 8245-8718

全系列書系特約展示門市
新絲路網路書店
地　址 / 新北市中和區中山路 2 段 366 巷 10 號 10 樓
電　話 / (02) 8245-9896
網　址 / www.silkbook.com

線上 pbook&ebook 總代理 / 全球華文聯合出版平台
地　　址 / 新北市中和區中山路 2 段 366 巷 10 號 10 樓
主題討論區 / http://www.silkbook.com/bookclub ◆ 新絲路讀書會
紙本書平台 / http://www.book4u.com.tw ◆ 華文網網路書店
瀏覽電子書 / http://www.book4u.com.tw ◆ 華文電子書中心
電子書下載 / http://www.book4u.com.tw ◆ 電子書中心 (Acrobat Reader)

本書為日語名師及出版社編輯小組精心編著覆核，如仍有疏漏，請各位先進不吝指正。來函請寄iris@mail.book4u.com.tw，若經查證無誤，我們將有精美小禮物贈送！

nowledge.
知識工場
Knowledge is everything！

nowledge. 知識工場

Knowledge is everything !